suhrkamp taschenbuch 1376

W0336735

Hermann Hesse, am 2. Juli 1877 in Calw/Württemberg als Sohn eines baltendeutschen Missionars und einer württembergischen Missionarstochter geboren, 1946 ausgezeichnet mit dem Nobelpreis für Literatur, starb am 9. August 1962 in Montagnola bei Lugano.

Seine Bücher, Romane, Erzählungen, Betrachtungen, Gedichte, politischen, literatur- und kulturkritischen Schriften sind mittlerweile in einer Auflage von mehr als 80 Millionen Exemplaren in aller Welt verbreitet und haben ihn zum meistgelesenen europäischen Autor des 20. Jahrhunderts in den USA und in Japan gemacht.

Die beiden Erzählungen »Der Bettler« und »Unterbrochene Schulstunde« stammen aus dem Jahr 1948. In der Gewissenhaftigkeit und Bedachtsamkeit ihrer Darstellung sind es charakteristische Beispiele für Hesses Altersprosa. Der Siebzigjährige erinnert sich an zwei unvergeßliche Erlebnisse aus seiner Kindheit in Basel und Schulzeit in Calw, Begebenheiten, die er ohne nostalgische Sentimentalität aus dem Erfahrungspotential eines langen Lebens berichtet und deutet.

»Besonders lockend ist der Versuch des Aufzeichnens und Fixierens«, schreibt Hesse in der Titelgeschichte, »bei jenen Bildern, die aus den Anfängen meines Lebens stammen, die, von Millionen späterer Eindrücke und Erlebnisse überdeckt, dennoch Farbe und Licht bewahrt haben.«

Hermann Hesse
Der Bettler
und
Unterbrochene Schulstunde

Zwei Erzählungen

Mit einem Nachwort
von Max Rychner

Suhrkamp

Umschlagmotiv von Rolf Köhler
Der Bettler: Geschrieben im Juli 1948.
Erstdruck in *Neue Zürcher Zeitung* vom 7.-11. 10. 1948.
Unterbrochene Schulstunde: Geschrieben im Herbst 1948. Erstdruck
in *Schweizer Monatshefte*, Zürich, vom Dezember 1948.
Das Nachwort, geschrieben für das Bändchen
H. Hesse, »Drei Erzählungen«, suhrkamp texte 8, 1961,
bringt nur den die Erzählungen
»Der Bettler« und »Unterbrochene Schulstunde«
betreffenden Text.
Redaktion: Volker Michels

suhrkamp taschenbuch 1376
Erste Auflage 1988
Beide Texte aus Hermann Hesse, »Späte Prosa«,
© Suhrkamp Verlag, Berlin und Frankfurt am Main 1951.
Suhrkamp Taschenbuch Verlag
Alle Rechte vorbehalten, insbesondere das
des öffentlichen Vortrags, der Übertragung
durch Rundfunk und Fernsehen
sowie der Übersetzung, auch einzelner Teile.
Satz: LibroSatz, Kriftel/Taunus
Druck: Nomos Verlagsgesellschaft, Baden-Baden
Printed in Germany
Umschlag nach Entwürfen von
Willy Fleckhaus und Rolf Staudt

2 3 4 5 6 7 – 99 98 97 96 95 94

Der Bettler

Vor Jahrzehnten, wenn ich an die »Geschichte mit dem Bettler« dachte, war sie für mich eine Geschichte, und es schien mir nicht unwahrscheinlich und auch nicht besonders schwierig, daß ich sie eines Tages erzählen würde. Aber daß das Erzählen eine Kunst sei, deren Voraussetzungen uns Heutigen, oder doch mir, fehlen und deren Ausübung darum nur noch das Nachahmen überkommener Formen sein kann, ist mir inzwischen immer klarer geworden, wie denn ja unsre ganze Literatur, soweit sie von den Autoren ernst gemeint und wirklich verantwortet wird, immer schwieriger, fragwürdiger und dennoch waghalsiger geworden ist. Denn keiner von uns Literaten weiß heute, wie weit sein Menschentum und Weltbild, seine Sprache, seine Art von Glauben und Verantwortung, seine Art von Gewissen und Problematik den anderen, den Lesern und auch den Kollegen, vertraut und verwandt, erfaßbar und verständlich ist. Wir sprechen zu Menschen, die wir wenig kennen und von denen wir wissen, daß sie unsre Worte und Zeichen schon wie eine Fremdsprache lesen, mit Eifer und Genuß vielleicht, aber mit sehr ungefährem Verständnis, während die Struktur und Begriffswelt einer politischen Zeitung, eines Filmes, eines Sportberichts ihnen weit selbstverständlicher, zuverlässiger und lückenloser zugänglich sind.

So schreibe ich diese Blätter, welche ursprünglich nur die Erzählung einer kleinen Erinnerung aus meiner Kinderzeit sein sollten, nicht für meine Söhne oder Enkel, die wenig mit ihnen anfangen könnten, noch für irgendwelche andere Leser, wenn nicht etwa die paar Menschen, deren Kinderzeit und Kinderwelt ungefähr dieselbe wie die meine gewesen ist, und die zwar nicht den Kern dieser nicht erzählbaren Geschichte (der mein persönliches Erlebnis ist), doch aber wenigstens die Bilder, den Hintergrund, die Kulissen und Kostüme der Szene wiedererkennen werden.

Aber nein, auch an sie wendet meine Aufzeichnung sich nicht, und auch das Vorhandensein dieser einigermaßen Vorbereiteten und Eingeweihten vermag meine Blätter nicht zur Erzählung zu erheben, denn Kulissen und Kostüme machen noch längst keine Geschichte aus. Ich schreibe also meine leeren

Blätter mit Buchstaben voll, nicht in der Absicht und Hoffnung, damit jemanden zu erreichen, dem sie Ähnliches wie mir bedeuten könnten, sondern aus dem bekannten, wenn auch nicht erklärbaren Trieb zu einsamer Arbeit, einsamem Spiel, dem der Künstler gehorcht wie einem Naturtrieb, obwohl er gerade den sogenannten Naturtrieben zuwiderläuft, wie sie heute von der Volksmeinung oder der Psychologie oder der Medizin definiert werden. Wir stehen ja an einem Ort, einer Strecke oder Biegung des Menschenweges, zu dessen Kennzeichen auch das gehört, daß wir über den Menschen nichts mehr wissen, weil wir uns zuviel mit ihm beschäftigt haben, weil zuviel Material über ihn vorliegt, weil eine Anthropologie, eine Kunde vom Menschen, einen Mut zur Vereinfachung voraussetzt, den wir nicht aufbringen. So wie die erfolgreichsten und modernsten theologischen Systeme dieser Zeit nichts so sehr betonen als die völlige Unmöglichkeit irgendeines Wissens über Gott, so hütet sich unsere Menschenkunde ängstlich, über das Wesen des Menschen irgend etwas wissen und aussagen zu wollen. Es geht also den modern eingestellten Theologen und Psychologen ganz ebenso wie uns Literaten: die Grundlagen fehlen, es ist alles fragwürdig und zweifelhaft geworden, alles relativiert und durchwühlt, und dennoch besteht jener Trieb zu Arbeit und Spiel ungebrochen fort, und wie wir Künstler, so bemühen sich auch die Männer der Wissenschaft eifrig weiter, ihre Beobachtungswerkzeuge und ihre Sprache zu verfeinern und dem Nichts oder Chaos wenigstens einige sorgfältig beobachtete und beschriebene Aspekte abzugewinnen.

Nun, möge man dies alles als Zeichen des Untergangs oder als Krise und notwendige Durchgangsstation ansehen – da jener Trieb in uns fortbesteht und da wir, indem wir ihm folgen und unsre einsamen Spiele trotz aller Fragwürdigkeit auch unter allen Erschwerungen weitertreiben, ein zwar einsames und melancholisches, aber doch ein Vergnügen empfinden, ein kleines Mehr an Lebensgefühl oder an Rechtfertigung, haben wir uns nicht zu beklagen, obwohl wir jene unsrer Kollegen recht wohl verstehen, welche, des einsamen Treibens müde, der Sehnsucht nach Gemeinschaft, nach Ordnung, Klarheit und Einfügung nachgeben und sich der Zuflucht anvertrauen, welche als Kirche und Religion oder als deren moderner Ersatz sich anbietet. Wir Einzelgänger und störrischen Nichtkonvertiten haben an unserer Vereinsamung nicht nur einen Fluch, eine Strafe zu tragen, sondern haben in ihr auch trotz allem eine Art von Lebensmöglichkeit, und das heißt für den Künstler Schaffensmöglichkeit.

Was mich betrifft, so ist meine Einsamkeit zwar nahezu vollkommen, und was an Kritik oder Anerkennung, an Anfeindung oder Duzbrüderschaft aus dem Kreise der mir durch die Sprache Verbundenen an mich gelangt, trifft zumeist an mir vorbei, so wie einem dem Tode nahen Kranken etwa die Wünsche besuchender Freunde für Genesung und langes Leben am Ohr vorbei tönen mögen. Aber diese Einsamkeit, dies Herausgefallensein aus den Ordnungen und Gemeinschaften und dies Sichnichtanpassenwollen oder -können an eine vereinfachte Daseinsform und Lebenstechnik bedeutet darum noch lange nicht Hölle und Verzweiflung. Meine Einsamkeit ist weder eng noch ist sie leer, sie erlaubt mir zwar das Mitleben in einer der heute gültigen Daseinsformen nicht, erleichtert mir aber zum Beispiel das Mitleben in hundert Daseinsformen der Vergangenheit, vielleicht auch der Zukunft, es hat ein unendlich großes Stück Welt in ihr Raum. Und vor allem ist diese Einsamkeit nicht leer. Sie ist voll von Bildern. Sie ist eine Schatzkammer von angeeigneten Gütern, ichgewordener Vergangenheit, assimilierter Natur. Und wenn der Trieb zum Arbeiten und Spielen noch immer ein wenig Kraft in mir hat, so ist es dieser Bilder wegen. Eines dieser tausend Bilder festzuhalten, auszuführen, aufzuzeichnen, ein Gedenkblatt mehr zu so vielen andern zu fügen, ist zwar mit den Jahren immer schwieriger und mühevoller geworden, aber nicht weniger lockend. Und besonders lockend ist der Versuch des Aufzeichnens und Fixierens bei jenen Bildern, die aus den Anfängen meines Lebens stammen, die, von Millionen späterer Eindrücke und Erlebnisse überdeckt, dennoch Farbe und Licht bewahrt haben. Es wurden ja diese frühen Bilder in einer Zeit empfangen, in der ich noch ein Mensch, ein Sohn, ein Bruder, ein Kind Gottes war und noch nicht ein Bündel von Trieben, Reaktionen und Beziehungen, noch nicht der Mensch des heutigen Weltbildes.

Ich versuche die Zeit, den Schauplatz und die Personen der kleinen Szene festzustellen. Nicht alles ist genau nachweisbar, nicht zum Beispiel das Jahr und die Jahreszeit, auch nicht ganz genau die Zahl der miterlebenden Personen. Es ist ein Nachmittag wahrscheinlich im Frühling oder Sommer, und ich war damals zwischen fünf und sieben, mein Vater zwischen fünfunddreißig und siebenunddreißig Jahre alt. Es war ein Spaziergang des Vaters mit den Kindern, die Personen waren: der Vater, meine Schwester Adele, ich, möglicherweise auch meine jüngere Schwester Marulla, was nicht mehr nachweisbar ist, ferner hatten wir den Kinderwagen mit, in dem wir entweder eben diese jüngere Schwester oder aber, wahrscheinlicher, unsern jüngsten Bruder Hans mitführten, der noch nicht der Sprache und des Gehens mächtig war. Schauplatz des Spaziergangs waren die paar Straßen des äußeren Spalenquartiers im Basel der achtziger Jahre, zwischen denen unsre Wohnung lag, nahe dem Schützenhaus im Spalenringweg, der damals noch nicht seine spätere Breite hatte, denn zwei Drittel von ihr nahm die ins Elsaß führende Eisenbahnlinie ein. Es war eine kleinbürgerliche, heitere und ruhige Stadtgegend, am äußersten Rande des damaligen Basel, ein paar hundert Schritte weiter lag schon die damals endlose Prärie der Schützenmatte, der Steinbruch und erste Bauernhöfe am Wege nach Allschwil, wo wir Kinder manchmal in einem der dunklen warmen Ställe die Milch frisch von der Kuh zu trinken bekamen und von wo wir ein Körbchen Eier mit nach Hause trugen, ängstlich und stolz darauf, daß uns dies anvertraut wurde. Es wohnten harmlose Bürgersleute um uns herum, einige wenige Handwerker, meistens aber Leute, die in die Stadt zu ihrer Arbeit gingen und feierabends in den Fenstern lagen und Pfeifen rauchten oder in den kleinen Gärtchen vor ihren Häusern mit Rasen und Kies sich zu schaffen machten. Einigen Lärm machte die Eisenbahn, und zu fürchten waren die Bahnwärter, die am Bahnübergang zwischen Austraße und Allschwiler Straße in einer Bretterhütte mit winzigem Fensterchen hausten und wie die Teufel herbeigestürzt kamen, wenn wir einen hineingefallenen Ball oder Hut oder Pfeil aus dem Graben retten wollten, der die Bahnlinie von der Straße trennte und den zu betreten niemand das Recht hatte als eben jene Wärter, die wir fürchteten und an denen nichts mir gefiel als das allerdings entzückende, messingene Hörnchen, das sie an einem Bandelier über die Schulter hängen hatten und auf dem sie, obwohl es nur einen einzigen Ton hatte, alle Stufen ihrer jeweiligen Aufregung oder Schläfrigkeit auszudrücken vermochten. Übrigens war dennoch einmal einer dieser Männer, die für mich die ersten Vertreter der Macht, des Staates, des Gesetzes und der Polizeigewalt waren, überraschenderweise sehr menschlich und nett mit mir gewesen; er hatte mich, der ich mit Peitsche und Kreisel auf der sonnigen Straße beschäftigt war, herbeigewinkt, hatte mir ein Geldstück in die Hand gegeben und mich freundlich gebeten, ihm aus dem nächsten Laden einen Limburger Käse zu holen. Ich gehorchte ihm freudig, bekam im Laden den Käse eingewickelt und überreicht, dessen Konsistenz und Geruch mir allerdings unheimlich und verdächtig waren, kehrte mit dem Päckchen und dem Überrest des Geldes zurück und wurde zu meiner großen Genugtuung vom Bahnwärter im Innern seiner Hütte erwartet, das ich zu sehen längst begierig gewesen war und nun betreten durfte. Es enthielt jedoch außer dem schönen gelben Hörnchen, das zur Zeit an einem Wandnagel hing, und dem daneben an die Bretterwand gehefteten, aus einer Zeitung geschnittenen Bildnis eines schnurrbärtigen Mannes in Uniform keine Kostbarkeiten. Leider endete mein Besuch bei Gesetz und Staatsgewalt schließlich doch mit einer Enttäuschung und Verlegenheit, die mir äußerst peinlich gewesen sein muß, da ich sie nicht vergessen konnte. Der heute so gutgelaunte und freundliche Wärter wollte, nachdem er Käse und Geld in Empfang genommen hatte, mich nicht ohne Dank und Lohn entlassen, er holte aus einer schmalen Sitztruhe ein Laibchen Brot heraus, schnitt ein Stück ab, schnitt auch vom Käse ein tüchtiges Stück und legte oder klebte es auf das Brot, das er mir darreichte und das er mir mit Appetit zu essen empfahl. Ich wollte mich samt dem Brote aus dem Staube machen und dachte es wegzuwerfen, sobald ich den Augen des Spenders entronnen sein würde. Aber er witterte, wie es schien, meine Absicht, oder er wollte nun einmal gern bei seinem Imbiß einen Kameraden haben; er machte große und, wie mir scheinen wollte, drohende Augen und bestand darauf, daß ich gleich hier hineinbeiße. Ich hatte mich artig bedanken und in Sicherheit bringen wollen, denn ich begriff sehr wohl, allzu wohl, daß er mein Verschmähen seiner Gabe und gar meinen Widerwillen gegen die von ihm geliebte Speise als Beleidigung empfinden würde. Und so war es auch. Ich stammelte erschrocken und unglücklich irgend etwas Unbedachtes heraus, legte das Brot auf den Truhenrand, drehte mich um und ging drei, vier Schritte von dem Manne weg, den ich nicht mehr anzusehen wagte, dann schlug ich meinen schnellsten Trab ein und entfloh nach Hause.

Die Begegnungen mit den Wärtern, den Vertretern der Macht, waren in unsrer Nachbarschaft, in der kleinen heiteren Welt, in der ich lebte, das einzige Unvertraute, das einzige Loch und Fenster nach den Dunkelheiten,

Abgründen und Gefahren hin, deren Vorhandensein in der Welt mir schon damals nicht mehr unbekannt war. Zum Beispiel hatte ich einmal aus einer Schenke weiter innen in der Stadt das Gegröle betrunkener Zecher vernommen, hatte einmal einen Menschen mit zerrissener Jacke von zwei Polizisten abführen sehen und ein andermal in der abendlichen Spalenvorstadt die teils schrecklich eindeutigen, teils ebenso schrecklich rätselhaften Geräusche einer Schlägerei zwischen Männern mit angehört und mich dabei so gefürchtet, daß unsre Magd Anna, die mich begleitete, mich eine Strecke weit auf den Arm nehmen mußte. Und dann gab es noch etwas, was mir unstreitig böse, scheußlich und durchaus diabolisch vorkam, es war der fatale Geruch im Umkreis einer Fabrik, an der ich mit älteren Kameraden mehrere Male vorbeigekommen war und deren Dunstkreis eine bestimmte Art von Ekel, Beklemmung, Empörung und tiefer Furcht in mir wachrief, welche auf irgendeine wunderliche Weise mit dem Gefühl verwandt war, das Bahnwärter und Polizei mir verursachten, einem Gefühl, an dem außer der bangen Empfindung von Gewalterleiden und Machtlosigkeit auch noch ein Zuschuß oder Unterton von schlechtem Gewissen teilhatte. Denn zwar hatte ich in Wirklichkeit noch nie eine Begegnung mit der Polizei erlebt und ihre Gewalt zu spüren bekommen, aber oft hatte ich von Dienstboten oder Kameraden die geheimnisvolle Drohung gehört: »Wart, ich hole die Polizei«, und ebenso wie bei den Konflikten mit den Bahnwärtern war da jedesmal irgend etwas wie eine Schuld auf meiner Seite, die Übertretung eines mir bekannten oder auch nur geahnten und imaginierten Gesetzes vorgelegen. Aber jene Unheimlichkeiten, jene Eindrücke, Töne und Gerüche hatten mich weit von Hause erreicht, im Innern der Stadt, wo es ohnehin lärmig und aufregend, wenn auch freilich höchst interessant zuging. Unsere stille und saubere Kleinwelt vorstädtischer Wohnstraßen mit ihren Gärtchen an der Front und ihren Wäscheleinen an der Rückseite war arm an Eindrücken und Mahnungen dieser Art, sie begünstigte eher den Glauben an eine wohlgeordnete, freundliche und arglose Menschheit, um so mehr als zwischen diesen Angestellten, Handwerkern und Rentnern da und dort auch Kollegen meines Vaters oder Freundinnen meiner Mutter wohnten, Leute, die mit der Heidenmission zu tun hatten, Missionare im Ruhestand, Missionare auf Urlaub, Missionarswitwen, deren Kinder die Schulen des Missionshauses besuchten, lauter fromme, freundliche, aus Afrika, Indien und China heimgekehrte Leute, die ich zwar keineswegs in meiner Einteilung der Welt an Rang und Würde meinem Vater gleichstellen konnte, die aber ein ähnliches Leben führten wie er und die sich untereinander mit Du und Bruder oder Schwester anredeten.

Damit bin ich denn bei den Personen meiner Geschichte angelangt, deren es drei Hauptpersonen: mein Vater, ein Bettler und ich, und zwei bis drei Nebenpersonen sind, nämlich meine Schwester Adele, möglicherweise auch meine zweite Schwester und der von uns im Wagen geschobene kleine Bruder Hans. Über ihn habe ich ein anderes, früheres Mal schon Erinnerungen aufgeschrieben; bei diesem Basler Spaziergang war er nicht Mitspieler oder Miterlebender, sondern nur eben die kleine, der Rede noch unmächtige, von uns sehr geliebte Kostbarkeit im Kinderwagen, den zu schieben wir alle als ein Vergnügen und eine Auszeichnung betrachteten, den Vater nicht ausgenommen. Auch Schwester Marulla, sofern sie überhaupt an jenem Nachmittag mit an unsrem Spaziergang teilnahm, kommt als Mitspielerin nicht eigentlich in Betracht, auch sie war noch zu klein. Immerhin mußte sie erwähnt werden, wenn auch nur die Möglichkeit bestand, daß sie uns damals begleitete, und mit ihrem Namen Marulla, der noch mehr als der ebenfalls in unsrer Umgebung kaum bekannte Name Adele als fremd und wunderlich auffiel, ist auch etwas von der Atmosphäre und dem Kolorit unsrer Familie gegeben. Denn Marulla war eine aus dem Russischen stammende Koseform von Maria und drückte, neben vielen anderen Kennzeichen, etwas vom Wesen der Fremdheit und Einmaligkeit unsrer Familie und ihrer Nationenmischung aus. Unser Vater war zwar gleich der Mutter, dem Großvater und der Großmutter in Indien gewesen, hatte dort ein wenig Indisch gelernt und im Dienst der Mission seine Gesundheit eingebüßt, aber das war in unsrem Milieu so wenig besonders und auffallend, wie wenn wir eine Familie von

ein Deutschrusse, und hat bis zu seinem Tode von den Mundarten, die um ihn herum und auch von seiner Frau und seinen Kindern gesprochen wurden, nichts angenommen, sondern sprach in unser Schwäbisch und Schweizerdeutsch hinein sein reines, gepflegtes, schönes Hochdeutsch. Dieses Hochdeutsch, obwohl es für manche Einheimische unser Haus an Vertraulichkeit und Behagen einbüßen ließ, liebten wir sehr und waren stolz darauf, wir liebten es ebenso wie die schlanke, gebrechlich zarte Gestalt, die hohe edle Stirn und den reinen, oft leidenden, aber stets offenen, wahrhaftigen und zu gutem Benehmen und Ritterlichkeit verpflichtenden, an das Bessere im andern appellierenden Blick des Vaters. Es war, das wußten seine wenigen Freunde, und das wußten schon sehr früh wir Kinder, nicht ein Allerweltsmann, sondern ein Fremdling, ein edler und seltener Schmetterling oder Vogel aus anderen Zonen zu uns verflogen, durch seine Zartheit und sein Leiden und nicht minder durch ein verschwiegenes Heimweh ausgezeichnet und isoliert. Wenn wir die Mutter mit einer natürlichen, auf Nähe, Wärme und Gemeinschaft gegründeten Zärtlichkeit liebten, so liebten wir den Vater mit einem leisen Beiklang von Ehrfurcht, von Scheu, von einer Bewunderung, wie sie die Jugend nicht für das Eigene und Heimatliche, sondern nur für das Fremde hat.

Sei das Bemühen um Wahrheit noch so enttäuschend, sei es noch so illusorisch, es ist dies Bemühen ebenso wie das Streben nach Form und Schönheit dennoch unentbehrlich bei Aufzeichnungen dieser Art, welche sonst auf keinerlei Wert Anspruch machen könnten. Es mag recht wohl sein, daß mein Bemühen um Wahrheit mich zwar der Wahrheit nicht näher führt, aber es wird, auf diese oder jene mir selbst vielleicht nicht erkennbare Weise dennoch nicht völlig vergeblich sein. So war ich, als ich die ersten Zeilen dieses Berichtes schrieb, der Meinung, es wäre einfacher und könne nichts schaden, wenn ich Marulla überhaupt nicht erwähnen würde, da es ja höchst zweifelhaft war, ob sie in diese Geschichte hineingehöre. Aber siehe, sie war eben doch nötig, schon ihres Namens wegen. Es hat schon mancher Schreiber oder Künstler sich in einem Werke um dies oder jenes ihm teure Ziel treulich und geduldig bemüht und hat zwar nicht dieses Ziel, wohl aber andere Ziele und Wirkungen erreicht, die ihm gar nicht oder doch weit weniger bewußt und wichtig waren. Man könnte sich etwa recht wohl denken, daß Adalbert Stifter in seinem »Nachsommer« nichts so ernst und heilig genommen, nichts so geduldig und treulich angestrebt habe wie gerade das, was uns an diesem Werke heute langweilig ist. Und dennoch wäre das andere, der neben und trotz der Langeweile vorhandene, der die Langeweile weit überstrahlende hohe Wert dieses Werkes nicht zustande gekommen ohne dies Bemühen, diese Treue und Geduld, diesen Kampf um das dem Schreibenden so Wichtige. So muß auch ich mich bemühen, so viel Wahrheit einzufangen als irgend möglich ist. Dazu gehört unter anderem, daß ich versuchen muß, meinen Vater noch einmal so zu sehen, wie er an jenem Tag unsres Spazierganges wirklich war, denn das Ganze seiner Persönlichkeit war ja meinem Kinderblick längst nicht übersehbar, ist es auch heute kaum, sondern ich muß versuchen, ihn noch einmal so zu sehen, wie ich ihn als Knabe an jenen Tagen sah. Ich sah ihn als etwas nahezu Vollkommenes und Unnachahmliches, als eine Gestalt gewordene Reinheit und Würde der Seele, als einen Kämpfer, Ritter und Dulder, dessen Überlegenheit durch seine Fremdheit, seine Heimatlosigkeit, seine leibliche Zartheit gemildert und der wärmsten Liebe und Zärtlichkeit zugänglich wurde. Irgendeinen Zweifel an ihm, irgendeine Kritik an ihm kannte ich nicht, damals noch nicht, wenn auch Konflikte mit ihm mir leider nichts Unbekanntes waren. Aber bei diesen Konflikten stand er mir zwar als Richter, Warner, Bestrafer oder Verzeihender gegenüber, zu meiner Not und Beschämung, aber stets war er es, der recht hatte, stets fand ich Tadel oder Strafe durch mein eigenes Wissen bestätigt und anerkannt, noch war ich nie in Gegensatz oder Kampf mit ihm und seiner Gerechtigkeit und Tugend geraten, dazu führten erst viel spätere Konflikte. Zu keinem andern Menschen, er möge mir noch so sehr überlegen gewesen sein, habe ich dies Verhältnis einer natürlichen, durch Liebe des Stachels beraubten Unterordnung je wieder gehabt, oder wenn ich, wie etwa bei meinem Göppinger

Lehrer, ein ähnliches Verhältnis einmal wiederfand, so war es nicht auf lange Dauer und stellte sich mir später beim Rückblick deutlich als eine Wiederholung, als ein Zurückbegehren in jenes Vater-Sohn-Verhältnis dar.

Was ich von unsrem Vater damals wußte, war großenteils aus seinen eigenen Erzählungen gespeist. Er, der im übrigen keine Künstlernatur und an Phantasie und Temperament weniger reich war als unsre Mutter, fand ein Vergnügen und erwarb eine gewisse Künstlerschaft darin, von Indien oder von seiner Heimat zu erzählen, von den großen Zeiten seines Lebens. Vor allem war es seine Kindheit in Estland, das Leben in seinem Vaterhaus und auf den Landgütern, mit Reisen im Planwagen und Besuchen an der See, wovon er uns nicht genug erzählen konnte. Eine überaus heitere, bei aller Christlichkeit sehr lebensfrohe Welt tat sich da vor uns auf, nichts wünschten wir sehnlicher, als auch einmal dies Estland und Livland zu sehen, wo das Leben so paradiesisch, so bunt und lustig war. Wir hatten Basel, das Spalenquartier, das Missionshaus, unsern Müllerweg und die Nachbarn und Kameraden recht gern, aber wo wurde man hier auf weit entfernte Güter eingeladen, mit Bergen von Kuchen und Körben voll Obst bewirtet, auf junge Pferdchen gesetzt, in Planwagen weit über Land gefahren? Einiges von jenem baltischen Leben und seinen Gebräuchen hatte der Vater auch hier einführen können, es gab bei uns Worte wie Marulla, es gab einen Samowar, ein Bild des Zaren Alexander, und es gab einige aus des Vaters Heimat stammende Spiele, die er uns gelehrt hatte, vor allem das österliche Eierrollen, zu dem wir etwa auch ein Nachbarkind mitbringen durften, um ihm mit diesen Sitten und Gebräuchen Eindruck zu machen. Aber es war wenig, was Vater hier in der Fremde seiner Jugendheimat anzugleichen vermocht hatte, auch der Samowar stand am Ende mehr wie ein Museumsstück da, als daß er benutzt wurde, und so waren es die Erzählungen vom russischen Vaterhaus, von Weißenstein, Reval und Dorpat, vom heimatlichen Garten, von den Festen und Reisen, in denen der Vater nicht nur sich selber des Geliebten und Entbehrten wieder erinnerte, sondern auch in uns Kindern ein kleines Estland anbaute und die ihm teuren Bilder auch in unsre Seelen senkte.

Damit, mit diesem gewissen Kult, den er seiner Heimat und ersten Jugend widmete, mochte es auch zusammenhängen, daß er ein ganz ausgezeichneter Spieler, Spielkamerad und Spiellehrer geworden war. In keinem Hause, das wir kannten, wurden so zahlreiche Spiele gekannt und gekonnt, wurden ihnen so viele und witzige Variationen ersonnen, wurden so viele neue Spiele erfunden. An dem Geheimnis, daß unser Vater, der Ernste, der Gerechte, der Fromme, uns nicht entschwand und zur Altarfigur wurde, daß er trotz aller Ehrfurcht durchaus ein Mensch und unsrem Kindersinn nah und erreichbar blieb, daran hatte sein Spieltalent großen Anteil, ebenso großen wie seine Schilderungen und Geschichten. Für mich, das Kind, war natürlich all das, was ich heute über die biographische und die psychologische Deutung dieser Spielfreude vermute, nicht vorhanden. Vorhanden und lebendig wirksam war für uns Kinder nur dieser sein Kult der Spiele selbst, und er hat nicht nur in unsrer Erinnerung seinen Platz, er ist auch literarisch dokumentiert: unser Vater hat bald nach der Zeit, von der hier die Rede ist, ein volkstümliches Spielbüchlein mit dem

Titel »Das Spiel im häuslichen Kreise« geschrieben, das im Verlag unsres Onkels Gundert in Stuttgart erschienen ist. Bis ins Alter und bis in die Jahre der Blindheit hinein blieb die Begabung zum Spielen ihm treu. Wir Kinder wußten es nicht anders und hielten es für selbstverständlich, zum Charakter und zu den Funktionen eines Vaters gehörig: wären wir mit dem Vater auf eine wilde Insel verschlagen oder in den Kerker geworfen worden oder, in Wäldern verirrt, in der Zuflucht einer Höhle gelandet, so wären zwar vielleicht Not und Hunger, gewiß aber nicht Leere und Langeweile zu fürchten gewesen, Vater hätte Spiel um Spiel für uns erfunden, und dies auch noch, wenn wir in Fesseln oder im Dunkeln hätten weilen müssen, denn gerade die Spiele, zu denen es keines Apparates bedurfte, waren ihm die liebsten, zum Beispiel Rätselraten, Rätselerfinden, mit Worten spielen, Gedächtnisübungen anstellen. Und bei den Spielen, bei welchen Spielzeug und Hilfsmittel nicht entbehrlich waren, hat er stets Freude am Einfachsten und Selbstgefertigten und eine Abneigung gegen das von der Industrie Gemachte und im Laden Gekaufte gehabt. Viele Jahre lang haben wir Brettspiele wie Go Bang oder Halma auf Brettern und mit Figuren gespielt, die er selbst angefertigt und bemalt hatte.

Übrigens ist dieser sein Hang zum Zusammensein, zur Geselligkeit im Schutz und unter dem sanften Zwang von Spielregeln später auch bei einem seiner Kinder, seinem jüngsten, zu einem Kennzeichen und Charakterzug geworden: Bruder Hans war darin dem Vater ähnlich, daß auch er im Umgang und Spiel mit Kindern seine beste Erholung, seine Freude und einen Ersatz für vieles fand, was ihm das Leben vorenthielt. Er, der schüchterne und zuzeiten etwas ängstliche Hans blühte, sobald er mit Kindern allein gelassen, sobald ihm Kinder anvertraut wurden, zu allen Gipfeln seiner Phantasie und Lebensfreude empor, entzückte und bezauberte die Kinder und versetzte sich selbst in einen paradiesischen Zustand von Gelöstheit und Glück, in dem er unwiderstehlich liebenswürdig war und von dem nach seinem Tode selbst nüchterne und kritische Augenzeugen mit einer betonten Wärme sprachen.

Vater also führte uns spazieren. Er war es,

der den Kinderwagen die größte Strecke schob, obwohl er keineswegs rüstig war. Im Wagen lag, lächelnd und ins Licht staunend, der kleine Hans, Adele ging an Vaters Seite, während ich mich dem gemessenen Andante des Spazierschrittes weniger anzupassen vermochte und bald voraus lief, bald einer interessanten Entdeckung wegen zurückblieb und darum bettelte, den Wagen schieben zu dürfen, bald mich ohne Rücksicht auf seine Ermüdbarkeit an Vaters Arm oder Rock klammerte und ihn mit Fragen bestürmte. Was auf jenem Spaziergang, einem von tausend ähnlichen, gesprochen wurde, davon ist mir nichts im Gedächtnis geblieben. Geblieben ist mir, und auch Adelen, von diesem Tag und Spaziergang nichts als das Erlebnis mit dem Bettler. Im Bilderbuch meiner frühen Erinnerungen gehört es zu den eindrücklichsten und anregendsten Bildern, anregend zu Gedanken und Grübeleien verschiedenster Art, wie es denn noch heute, wohl fünfundsechzig Jahre später, mich zu diesen Gedanken angeregt und zu der Bemühung mit diesen Aufzeichnungen gezwungen hat.

Wir wandelten gemächlich dahin, die

Sonne schien und malte neben jede der in Kugelform geschnittenen Akazien des Weges ihren Schatten, was den Eindruck von Pedanterie, Regelmäßigkeit und Lineälsthetik noch verstärkte, den diese Pflanzung mir immer machte. Es geschah nichts als das Gewohnte und Alltägliche: daß ein Briefträger den Vater grüßte und ein vierspänniger Bierbrauerwagen mit schweren, schönen Rossen beim Bahnübergang warten mußte und uns Zeit ließ, die herrlichen Tiere zu bestaunen, die einen ansehen konnten, als wollten sie Gruß und Rede mit uns tauschen, und an denen mir nur das Geheimnis unheimlich war, daß ihre Füße es ertrugen, wie Holz gehobelt und mit diesen klobigen Eisen beschlagen zu werden. Aber als wir schon uns wieder unsrer Straße näherten, geschah doch noch etwas Neues und Besonderes.

Es kam uns ein Mann entgegen, der ein wenig mitleiderregend und ein wenig ungut aussah, ein noch ziemlich junger Mensch mit einem bärtigen, vielmehr seit langer Zeit unrasierten Gesicht, zwischen dem dunklen Haar und Bartwuchs waren Wangen und Lippen von lebhaftem Rot, die Kleidung und

Haltung des Mannes hatte etwas Verwahrlostes und Verwildertes, sie machte uns ebenso bange wie neugierig, gern hätte ich mir diesen Mann genauer betrachtet und etwas über ihn erfahren. Er gehörte, das sah ich beim ersten Blick, zu der geheimnisvollen und abgründigen Seite der Welt, er mochte einer von jenen rätselhaften und gefährlichen, aber nicht minder unglücklichen und schwierigen Menschen sein, von denen man gelegentlich als von Herumtreibern, Vaganten, Bettlervolk, Trinkern, Verbrechern sprechen hörte, in Gesprächen der Erwachsenen, welche sofort unterbrochen oder zum Flüstern gedämpft wurden, wenn man bemerkte, daß eins von uns Kindern zuhörte. So klein ich war, so hatte ich doch für eben jene drohende und beklemmende Seite der Welt nicht nur die natürliche, knabenhafte Neugierde, sondern, so glaube ich heute, ich ahnte auch schon etwas davon, daß diese wunderbar zwielichtigen, ebenso armen wie gefährlichen, ebenso Abwehr wie Brudergefühle aufrufenden Erscheinungen, diese Zerlumpten, Verwahrlosten und Entgleisten ebenso »richtig« und gültig, daß ihr Dasein in der Mythologie durchaus notwendig, daß im großen Weltspiel der Bettler so unentbehrlich sei wie der König, der Abgerissene ebensoviel gelte wie der Mächtige und Uniformierte. So sah ich denn mit einem Schauder, an dem Entzücken und Furcht gleichen Anteil hatten, den zottigen Mann uns entgegenkommen und seine Schritte auf uns zulenken, sah ihn die etwas scheuen Augen auf unsern Vater richten und mit halbgezogener Mütze vor ihm stehenbleiben.

Artig erwiderte Vater seinen gemurmelten Gruß, und mit der größten Spannung sah ich, während der Kleine im Wägelchen beim Halten erwachte und langsam die Augen auftat, der Szene zwischen den beiden einander scheinbar so sehr fremden Männern zu. Stärker noch, als es auch sonst schon des öftern geschah, empfand ich die Mundart des einen und die gepflegte, genau akzentuierende Sprache des andern als Ausdruck eines innern Gegensatzes, als Sichtbarwerden einer zwischen dem Vater und seiner Umwelt bestehenden Scheidewand. Andrerseits war es aufregend und hübsch, zu sehen, wie der Angesprochene den Bettler so höflich und ohne Ablehnung oder Zurückzucken empfing und als Menschenbruder anerkannte. Der Unbekannte versuchte nun, nachdem die paar ersten Worte getauscht waren, das Herz des Vaters, in dem er einen gutmütigen und vielleicht leicht zu rührenden Menschen vermuten mochte, mit einer Schilderung seiner Armut, seines Hungers und Elendes zu bestürmen, es kam etwas Singendes und Beschwörendes in seine Redeweise, als klage er dem Himmel seine Not: kein Stückchen Brot habe er, kein Dach überm Kopf, keine ganzen Schuhe mehr, es sei ein Elend, er wisse nicht mehr, wohin sich wenden, und er bitte inständig um ein wenig Geld, es sei schon lang keines mehr in seiner Tasche gewesen. Er sagte nicht Tasche, sondern Sack, während mein Vater in seiner Antwort den Ausdruck Tasche vorzog. Ich verstand übrigens mehr die Musik und Mimik des Auftrittes, von den Worten nur wenige.

Schwester Adele, zwei Jahre älter als ich, war nun in einer Hinsicht über Vater besser unterrichtet als ich. Sie wußte, was mir noch lange Jahre verborgen blieb, schon damals; daß nämlich unser Vater so gut wie niemals Geld bei sich trug und daß er, wenn es doch einmal geschah, ziemlich hilflos und auch leichtsinnig damit umging, Silber statt Nickel und große statt kleine Münzen hingab. Sie zweifelte vermutlich nicht daran, daß er kein Geld bei sich habe. Ich dagegen neigte sehr zu der Erwartung, er werde nun, beim nächsten Ansteigen und Schluchzen der Töne in des Bettlers Klagelied, in die Tasche greifen und dem Mann eine ganze Menge von halben und ganzen Frankenstücken in die Hände drücken oder in die Mütze schütten, genug, um Brot, Limburger Käse, Schuhe und alles andre zu kaufen, dessen der Fremdling bedürftig war. Statt dessen aber hörte ich den Vater auf alle Anrufe mit derselben höflichen und beinah herzlichen Stimme antworten und hörte seine beruhigend und beschwichtigend gemeinten Worte sich schließlich zu einer kleinen, gut formulierten Rede verdichten. Der Sinn dieser Rede war, wie wir Geschwister uns später zu erinnern meinten, dieser: er sei nicht imstande, Geld zu geben, da er keines bei sich habe, auch sei mit Geld nicht immer geholfen, man könne es leider auf so verschiedene Arten verwenden, zum Beispiel statt zum Essen zum Trinken, und dazu wolle er in keiner Weise

Seefahrern in einer Hafenstadt gewesen wären. In Indien, am Äquator, bei fremden dunkeln Völkern und an fernen Palmenküsten waren auch alle die andern »Brüder« und »Schwestern« von der Mission gewesen, auch sie konnten das Vaterunser in einigen fremden Sprachen sprechen, hatten lange Seereisen und lange, von uns Kindern trotz ihrer großen Mühsal höchst beneidete Landreisen auf Eseln oder Ochsenkarren gemacht und konnten zu den wunderbaren Sammlungen des Missionsmuseums genaue und zuweilen abenteuerreiche Erzählungen und Erklärungen geben, wenn wir dies Museum im Erdgeschoß des Missionshauses unter ihrer Führung besuchen durften.

Aber ob Indien oder China, Kamerun oder Bengalen, die andern Missionare und ihre Frauen waren zwar weit herumgekommen, schließlich waren sie aber doch beinahe alle entweder Schwaben oder Schweizer, es fiel schon auf, wenn einmal ein Bayer oder Österreicher sich unter sie verirrt hatte. Unser Vater aber, der seine kleine Tochter Marulla rief, kam aus einer fremderen, unbekannteren Ferne, er kam aus Rußland, er war ein Balte, behilflich sein; dagegen sei es ihm nicht möglich, einen wirklich Hungernden von sich zu weisen, darum schlage er vor, der Mann möge ihn bis zum nächsten Kaufladen begleiten, dort werde er soviel Brot bekommen, daß er mindestens für diesen Tag nicht zu hungern brauche.

Während dieses Gesprächs standen wir die ganze Zeit am selben Fleck auf der breiten Straße, und ich konnte die beiden Männer mir gut ansehen, sie miteinander vergleichen und mir auf Grund ihres Aussehens, ihres Tonfalls und ihrer Worte meine Gedanken machen. Unangetastet natürlich blieb die Überlegenheit und Autorität des Vaters in diesem Wettstreit, er war ohne Zweifel nicht nur der Anständige, ordentlich Gekleidete, sich gut Benehmende, er war auch der, welcher sein Gegenüber ernster nahm, der besser und genauer auf den Partner einging und seine Worte unumwunden ehrlich meinte. Dafür hatte der andere aber diesen Beiklang von Wildheit und hatte hinter sich und seinen Worten etwas sehr Starkes und Wirkliches stehen, stärker und wirklicher als alle Vernunft und Artigkeit: sein Elend, seine Armut, seine Rolle als Bettler, sein Amt als Sprecher für alles verschuldete und unverschuldete Elend der Welt, und das gab ihm ein Gewicht, das half ihm Töne und Gebärden finden, die dem Vater nicht zur Verfügung standen. Und außerdem und über dies alles hinweg entstand während der so schönen und spannenden Bettelszene Zug um Zug zwischen dem Bettler und dem Angebettelten eine gewisse nicht zu benennende Ähnlichkeit, ja Brüderlichkeit. Sie beruhte zum Teil darauf, daß der Vater, von dem Armen angesprochen, ohne Sträuben und Stirnrunzeln den andern anhörte und gelten ließ, daß er keinen Abstand zwischen ihn und sich legte und sein Recht auf Angehörtwerden und Mitleid als ein selbstverständliches anerkannte. Aber dies war das wenigste. War dieser halbbärtige dunkelhaarige Arme aus der Welt der zufriedenen, arbeitenden und jeden Tag satt werdenden Leute herausgefallen, machte er inmitten dieser reinlichen kleinbürgerlichen Wohnhäuser und Vorgärtchen den Eindruck eines Fremdlings, so war ja Vater längst schon, wenn auch auf so ganz andere Weise, ein Fremdling, ein Mann von anderswoher, der mit Leuten, unter denen er lebte, nur in einer losen, auf Übereinkommen beruhenden, nicht gewachsenen und erdhaften Gemeinschaft stand. Und wie der Bettler hinter seinem eher trotzigen und desperadohaften Aussehen doch etwas Kindliches, Naturhaftes und Unschuldiges zu haben schien, so war ja auch bei Vater hinter der Fassade des Frommen, des Höflichen, des Vernünftigen viel Kindhaftes verborgen. Jedenfalls – denn alle diese klugen Gedanken hatte ich damals natürlich nicht – empfand ich, je länger die beiden miteinander und vielleicht aneinander vorbeiredeten, desto mehr eine wunderliche Art von Zusammengehörigkeit zwischen ihnen. Und Geld hatten sie also beide keines.

Vater stützte sich auf den Rand des Kinderwagens, während er dem Fremden Rede stand. Er machte ihm klar, daß er gesonnen sei, ihm einen Laib Brot zu geben, doch müsse dies Brot in einem Laden geholt werden, wo man ihn kenne, und der Mann sei nun eingeladen, dahin mitzukommen. Damit setzte der Vater den Wagen wieder in Bewegung, drehte um und schlug die Richtung nach der Austraße ein, und der Fremde marschierte ohne Widerrede mit, war aber wieder etwas scheu geworden und fühlte sich sichtlich nicht recht zufrieden, das Ausbleiben der Geldspende hatte ihn enttäuscht. Wir Kinder hielten uns dicht neben dem Vater und dem Wagen, dem Fremden nicht zu nahe, der sein Pathos aufgegeben hatte und jetzt still und eher mürrisch geworden war. Ich betrachtete ihn aber im geheimen und machte mir Gedanken, es war mit diesem Menschen so viel in unsre nächste Nähe getreten, so viel Bedenkliches, im Sinn des zu Bedenkenden sowohl wie in dem des Bangemachenden, und jetzt, wo der Bettler schweigsam und anscheinend schlechter Laune geworden war, gefiel er mir wieder weniger und glitt wieder mehr und mehr aus jener Zusammengehörigkeit mit dem Vater heraus und ins Unvertraute hinüber. Es war ein Stück Leben, dem ich zusah, Leben der Großen, der Erwachsenen, und da dies Leben der Erwachsenen um uns Kinder her äußerst selten so primitive und elementare Formen annahm, war ich tief davon gefesselt, aber die Fröhlichkeit und Zuversicht von vorher war hingeschwunden, wie an einem heitern Tag plötzlich ein

Schleier Licht und Wärme dämpfen und hinwegzaubern kann.

Unser guter Vater freilich schien keine solchen Gedanken zu haben, heiter und freundlich blieb sein klares Gesicht, heiter und gleichmäßig sein Schritt. So zogen wir, Vater, Kinder, Wagen und Bettler, eine kleine Karawane, nach der Austraße weiter und in ihr fort bis zu einem Kaufladen, den wir alle kannten und wo es die verschiedensten Dinge zu kaufen gab, vom Wecken und Brot bis zu Schiefertafeln, Schulheften und Spielzeug. Hier hielten wir an, und Vater bat den Fremden, hier eine kleine Weile bei uns Kindern zu warten, bis er aus dem Laden zurückkäme. Adele und ich sahen einander an, es war uns beiden gar nicht wohl zumute, wir hatten etwas Angst, oder vielmehr ziemlich große Angst, und ich glaube, wir fanden es auch vom Vater sonderbar und nicht recht begreiflich, daß er uns da mit dem fremden Manne so allein ließ, als könne uns unmöglich etwas geschehen, als seien noch niemals Kinder von bösen Männern umgebracht oder entführt und verkauft oder zum Betteln und Stehlen gezwungen worden. Und beide hielten wir uns, zum eigenen Schutze wie auch zu dem unsres Kleinsten, dicht zu beiden Seiten an den Wagen geklammert, den wir unter keinen Umständen loszulassen gedachten. Schon war der Vater die paar Steinstufen zur Ladentür hinangestiegen, schon legte er die Hand auf die Klinke, schon war er verschwunden. Wir waren mit dem Bettler allein, in der ganzen langen und geraden Straße war kein Mensch zu sehen. Ich redete mir, in der Form eines Gelübdes, innerlich zu, tapfer und männlich zu sein.

So standen wir alle, eine Minute lang vielleicht, und wohl ums Herz war keinem von uns außer dem Brüderchen, das den Fremden überhaupt nicht wahrgenommen hatte und vergnügt mit seinen winzigen Fingerchen spielte. Ich wagte es, aufzublicken, nach dem Unheimlichen hin, und sah auf seinem roten Gesicht die Unruhe und Unzufriedenheit noch gesteigert, er gefiel mir nicht, er machte mir richtig Angst, deutlich sah man widersprechende Triebe in ihm kämpfen und nach Taten drängen.

Aber da war er auch schon mit seinen Gedanken und Gefühlen zu einem Ende gekommen, ein Entschluß durchzuckte ihn, und man konnte das Aufzucken mit Augen sehen. Aber wozu er sich entschlossen hatte und was er jetzt tat, war von allem, woran ich etwa gedacht oder was ich gehofft oder gefürchtet hatte, das Gegenteil, es war das Unerwartetste von allem, was geschehen konnte, es überrumpelte uns beide, Adele und mich, vollkommen, daß wir starr und sprachlos standen. Der Bettler, nachdem der Zuck in ihn gefahren war, hob einen seiner Füße mit den mitleiderregenden Schuhen, zog das Knie an, erhob beide zu Fäusten geballte Hände bis in Schulterhöhe und lief in einem Schnellauf, den man seiner Figur kaum zugetraut hätte, die lange gerade Straße hinunter, er hatte die Flucht ergriffen und rannte, rannte wie ein Verfolgter, bis er die nächste Querstraße erreicht hatte und für immer unsern Augen entschwand.

Was ich bei diesem Anblick empfand, läßt sich nicht beschreiben, es war ebensosehr Schrecken wie Aufatmen, ebenso Verblüffung wie Dankbarkeit, aber zur selben Sekunde auch Enttäuschung, ja Bedauern. Und nun kehrte heiteren Gesichtes, mit einem langen Laib Weißbrot in der Hand, Vater aus dem Laden zurück, staunte einen Augenblick, ließ sich berichten, was geschehen war, und lachte. Es war am Ende das Beste, was er tun konnte. Mir aber war, als sei meine Seele mit dem Bettler fortgerannt, ins Unbekannte, in die Abgründe der Welt, und es dauerte lange, bis ich zum Nachdenken darüber kam, warum wohl der Mann vor dem Brotlaib davongelaufen war, so wie einst ich vor dem mir dargereichten Bissen des Bahnwärters durchgebrannt war. Tage- und wochenlang behielt das Erlebnis seine Frische und Unausschöpfbarkeit und hat sie, so einleuchtende Begründungen wir später auch dafür ausdenken mochten, bis heute behalten. Die Welt der Abgründe und Geheimnisse, in die der flüchtende Bettler uns entschwunden war, wartete auch auf uns. Sie hat jenes hübsche und harmlose Leben des Vordergrundes überwuchert und ausgelöscht, sie hat unsern Hans verschlungen, und auch wir Geschwister, die wir bis heute und bis ins Alter standzuhalten versucht haben, wissen uns und den Funken in unsern Seelen von ihr umdrängt und umdunkelt. *(1948)*

Unterbrochene Schulstunde

Es scheint, als müsse ich in meinen späten Tagen nicht nur, wie alle alten Leute, mich wieder den Erinnerungen aus den Kinderjahren zuwenden, sondern als müsse ich auch, zur Strafe gewissermaßen, die fragwürdige Kunst des Erzählens noch einmal mit umgekehrten Vorzeichen ausüben und abbüßen. Das Erzählen setzt Zuhörer voraus und fordert vom Erzähler eine Courage, welche er nur aufbringt, wenn ihn und seine Zuhörer ein gemeinsamer Raum, eine gemeinsame Gesellschaft, Sitte, Sprache und Denkart umschließt. Die Vorbilder, die ich in meiner Jugend verehrte (und heute noch verehre und liebe), vor allem den Erzähler der Seldwyler Geschichten, haben mich damals lange Zeit in dem frommen Glauben unterstützt, daß auch mir diese Zugehörigkeit und Gemeinsamkeit angeboren und überkommen sei, daß auch ich, wenn ich Geschichten erzählte, mit meinen Lesern eine gemeinsame Heimat bewohne, daß ich für sie auf einem Instrumente und nach einem Notensystem musiziere, das ihnen wie mir vollkommen vertraut und selbstverständlich sei. Da waren Hell und Dunkel, Freude und Trauer, Gut und Böse,

Tat und Leiden, Frömmigkeit und Gottlosigkeit zwar nicht ganz so kategorisch und grell voneinander getrennt und abgehoben wie in den moralischen Erzählungen der Schul- und Kinderbücher, es gab Nuancen, es gab Psychologie, es gab namentlich auch Humor, aber es gab nicht den grundsätzlichen Zweifel, weder am Verständnis der Zuhörer noch an der Erzählbarkeit meiner Geschichten, welche denn auch meist ganz artig abliefen mit Vorbereitung, Spannung, Lösung, mit einem festen Gerüst von Handlung, und mir und meinen Lesern beinah ebensoviel Vergnügen machten wie das Erzählen einst dem großen Meister von Seldwyla und das Zuhören seinen Lesern gemacht hatte. Und nur sehr langsam und widerwillig kam ich mit den Jahren zur Einsicht, daß meine Art zu leben und meine Art zu erzählen einander nicht entsprachen, daß ich dem guten Erzählen zuliebe die Mehrzahl meiner Erlebnisse und Erfahrungen mehr oder weniger vergewaltigt hatte, und daß ich entweder auf das Erzählen verzichten oder mich entschließen müsse, statt eines guten ein schlechter Erzähler zu werden. Die Versuche dazu, etwa von

Demian bis zur Morgenlandfahrt, führten mich denn auch immer mehr aus der guten und schönen Tradition des Erzählens hinaus. Und wenn ich heute irgendein noch so kleines, noch so gut isoliertes Erlebnis aufzuzeichnen versuche, dann rinnt mir alle Kunst unter den Händen weg, und das Erlebte wird auf eine beinah gespenstische Weise vielstimmig, vieldeutig, kompliziert und undurchsichtig. Ich muß mich darein ergeben, es sind in den letzten Jahrzehnten größere und ältere Werte und Kostbarkeiten als nur die Erzählkunst fragwürdig und zweifelhaft geworden.

In unserm wenig geliebten Klassenzimmer der Calwer Lateinschule saßen wir Schüler eines Vormittags über einer schriftlichen Arbeit. Es war in den ersten Tagen nach längeren Ferien, kürzlich erst hatten wir unsere blauen Zeugnishefte abgeliefert, die unsere Väter hatten unterschreiben müssen, wir waren noch nicht so recht wieder an die Gefangenschaft und Langeweile gewöhnt und empfanden sie darum stärker. Auch der Lehrer, ein Mann von noch längst nicht vierzig Jahren, der uns Elf- und Zwölfjährigen aber uralt erschien, war eher gedrückt als schlechter Laune, wir sahen ihn auf seinem erhöhten Throne sitzen, gelben Gesichtes, über Hefte gebeugt, mit leidenden Zügen. Er lebte, seit ihm seine junge Frau gestorben war, mit einem einzigen Söhnchen allein, einem blassen Knaben mit hoher Stirn und blauwäßrigen Augen. Angestrengt und unglücklich saß der ernste Mann in seiner erhabenen Einsamkeit, geachtet, aber auch gefürchtet; wenn er ärgerlich oder gar zornig war, konnte ein Strahl höllischer Wildheit die klassische Humanistenhaltung durchbrechen und Lügen strafen. Es war still in der nach Tinte, Knaben und Schuhleder riechenden Stube, nur selten gab es ein erlösendes Geräusch: das Klatschen eines fallengelassenen Buches auf dem staubigen Tannenbretterboden, das Flüstern eines heimlichen Zwiegesprächs, das kitzelnde, zum Umschauen nötigende Keuchen eines mühsam gedämmten Lachens, und jedes solche Geräusch wurde vom Thronenden wahrgenommen und sofort zur Ruhe gebracht, meistens nur durch einen Blick, ein Warnen des Gesichtes mit vorgerecktem Kinn oder einen drohend erhobenen Finger, zuweilen durch ein Räuspern oder ein kurzes Wort. Zwischen Klasse und Professor herrschte an jenem Tage, Gott sei Dank, nicht gerade eine Gewitterstimmung, aber doch jene gelinde Spannung der Atmosphäre, aus der dies und jenes Überraschende und vermutlich Unerwünschte entstehen kann. Und ich wußte nicht recht, ob dies mir nicht lieber war als die vollkommenste Harmonie und Ruhe. Es war vielleicht gefährlich, es konnte vielleicht etwas geben, aber am Ende lauerten wir Knaben, namentlich während einer solchen schriftlichen Arbeit, auf nichts so begierig als auf Unterbrechungen und Überraschungen, seien sie wie immer geartet, denn die Langeweile und die unterdrückte Unruhe in den allzu lang und streng zum Stillsitzen und Schweigen gezwungenen Knaben war groß.

Was für eine Arbeit es gewesen sei, mit der unser Lehrer uns beschäftigte, während er hinter der bretternen Verschanzung seines Hochsitzes sich mit Amtsgeschäften befaßte, weiß ich nicht mehr. Auf keinen Fall war es Griechisch, denn es war die ganze Klasse beisammen, während in den Griechischstunden nur wir vier oder fünf »Humanisten« dem

Meister gegenübersaßen. Es war das erste Jahr, in dem wir Griechisch lernten, und die Abtrennung von uns »Griechen« oder »Humanisten« von der übrigen Schulklasse hatte dem ganzen Schulleben eine neue Note gegeben. Einerseits fanden wir paar Griechen, wir künftigen Pfarrer, Philologen und anderen Akademiker, uns schon jetzt vom großen Haufen der künftigen Gerber, Tuchmacher, Kaufleute oder Bierbrauer abgehoben und gewissermaßen ausgezeichnet, was eine Ehre und einen Anspruch und Ansporn bedeutete, denn wir waren die Elite, die für Höheres als Handwerk und Geldverdienen Bestimmten, doch hatte diese Ehre wie billig auch ihre bedenkliche und gefährliche Seite. Wir wußten in ferner Zukunft Prüfungen von sagenhafter Schwere und Härte auf uns warten, vor allem das gefürchtete Landexamen, in dem die humanistische Schülerschaft des ganzen Schwabenlandes zum Wettkampf nach Stuttgart einberufen wurde und dort in mehrtägiger Prüfung die engere und wirkliche Elite auszusieben hatte, ein Examen, von dessen Ergebnis für die Mehrzahl der Kandidaten die ganze Zukunft abhing, denn von jenen, welche diese enge Pforte nicht passierten, waren die meisten damit auch zum Verzicht auf das geplante Studium verurteilt. Und seit ich selber zu den Humanisten, zu den vorläufig für die Elite in Aussicht genommenen und vorgemerkten Schülern gehörte, war mir schon mehrmals, angeregt vermutlich durch Gespräche meiner älteren Brüder, der Gedanke gekommen, daß es für einen Humanisten, einen Berufenen, aber längst noch nicht Auserwählten, recht peinlich und bitter sein müsse, seinen Ehrentitel wieder abzulegen und die letzte und oberste Klasse unserer Schule wieder als Banause zwischen den vielen andern Banausen abzusitzen, herabgesunken und ihresgleichen geworden.

Wir paar Griechen also waren seit dem Beginn des Schuljahres auf diesem schmalen Pfad zum Ruhme und damit in ein neues, viel intimeres und damit auch viel heikleres Verhältnis zum Klassenlehrer gekommen. Denn er gab uns die Griechisch-Stunden, und da saßen nun wir wenigen nicht mehr innerhalb der Klasse und Masse, die als Ganzes der Macht des Lehrers wenigstens ihre Quantität entgegenzusetzen hatte, sondern einzeln, schwach und exponiert dem Manne gegenüber, der nach kurzer Zeit jeden von uns sehr viel genauer kannte als alle übrigen Klassenkameraden. Uns gab er in diesen oft erhebenden und noch öfter schrecklich bangen Stunden sein Bestes an Wissen, an Überwachung und Sorgfalt, an Ehrgeiz und Liebe, aber auch an Laune, Mißtrauen und Empfindlichkeit; wir waren die Berufenen, waren seine künftigen Kollegen, waren die zum Höheren bestimmte kleine Schar der Begabteren oder Ehrgeizigeren, uns galt mehr als der ganzen übrigen Klasse seine Hingabe und seine Sorge, aber von uns erwartete er auch ein Mehrfaches an Aufmerksamkeit, Fleiß und Lernlust, und auch ein Mehrfaches an Verständnis für ihn selbst und seine Aufgabe. Wir Humanisten sollten nicht Allerweltsschüler sein, die sich vom Lehrer in Gottes Namen bis zum vorgeschriebenen Mindestmaß an Schulbildung schleppen und zerren ließen, sondern strebsame und dankbare Mitgänger auf dem steilen Pfade, unsrer auszeichnenden Stellung im Sinne einer hohen Verpflichtung bewußt. Er hätte sich Humanisten gewünscht, die ihm die Aufgabe gestellt hätten, ihren brennenden Ehrgeiz und Wissensdurst beständig zu zügeln und zu bremsen, Schüler, welche jeden kleinsten Bissen der Geistesspeise mit Heißhunger erwarteten und aufnahmen und alsbald in neue geistige Energien verwandelten. Ich weiß nun nicht, wieweit etwa der eine oder andere meiner paar Mitgriechen diesem Ideale zu entsprechen gewillt und veranlagt gewesen ist, doch nehme ich an, es werde den andern nicht viel anders gegangen sein als mir, und sie werden zwar aus ihrem Humanistentum einen gewissen Ehrgeiz ebenso wie einen gewissen Standesdünkel gezogen, sie werden sich als etwas Besseres und Kostbareres empfunden und aus diesem Hochmut in guten Stunden auch eine gewisse Verpflichtung und Verantwortung entwickelt haben; alles in allem aber waren wir eben doch elf- bis zwölfjährige Schulknaben und vorläufig von unseren nichthumanistischen Klassenbrüdern äußerst wenig verschieden, und keiner von uns stolzen Griechen hätte, vor die Wahl zwischen einem freien Nachmittag und einer griechischen Extralektion gestellt, einen Augenblick gezögert, sondern sich entzückt für den freien

Nachmittag entschieden. Ja, das hätten wir ohne Zweifel getan – und dennoch war etwas von jenem Andern in unseren jungen Seelen auch vorhanden, etwas von dem, was der Professor von uns so sehnlich und oft so ungeduldig erwartete und forderte. Was mich anging, so war ich nicht klüger als andere und nicht reifer als meine Jahre, und mit weit weniger als dem Paradies eines freien Nachmittags hätte man mich leicht von Kochs griechischer Grammatik und dem Würdegefühl des Humanisten weglocken können – und dennoch war ich zuzeiten und in gewissen Bezirken meines Wesens auch ein Morgenlandfahrer und Kastalier und bereitete mich unbewußt darauf vor, Mitglied und Historiograph aller platonischen Akademien zu werden. Manchmal, beim Klang eines griechischen Wortes oder beim Malen griechischer Buchstaben in meinem von des Professors unwirschen Korrekturen durchpflügten Schreibheft empfand ich den Zauber einer geistigen Heimat und Zugehörigkeit und war ohne alle Vorbehalte und Nebengelüste willig, dem Ruf des Geistes und der Führung des Meisters Folge zu leisten. Und so wohnte unserem dummstolzen Elitegefühl ebenso wie unserer tatsächlichen Herausgehobenheit, wohnte unserer Isolierung und unserem bangen Ausgeliefertsein an den so oft gefürchteten Scholarchen eben doch ein Strahl echten Lichtes, eine Ahnung echter Berufung, ein Anhauch echter Sublimierung inne.

Augenblicklich freilich, in dieser unfrohen und langweiligen Schulmorgenstunde, da ich über meine längst fertige Schreibarbeit hinweg den kleinen geduckten Geräuschen des Raumes und den fernen, heiteren Tönen der Außenwelt und Freiheit lauschte: dem Flügelknattern eines Taubenfluges, dem Krähen eines Hahnes etwa oder dem Peitschenknall eines Fuhrmanns, sah es nicht so aus, als hätten jemals gute Geister in dieser niederen Stube gewaltet. Eine Spur von Adel, ein Strahl von Geist weilte einzig über dem etwas müden und sorgenvollen Gesicht des Professors, den ich heimlich mit einer Mischung von Teilnahme und schlechtem Gewissen beobachtete, stets bereit, seinem sich etwa erhebenden Blick mit dem meinen rechtzeitig auszuweichen. Ohne mir eigentlich Gedanken dabei zu machen, und ohne Absichten irgendwelcher

Art, war ich nur dem Schauen hingegeben, der Aufgabe, dieses unschöne, aber nicht unedle Lehrergesicht meinem Bilderbuche einzuverleiben, und es ist denn auch über sechzig Jahre hinweg darin erhalten geblieben: der dünne strähnige Haarschopf über der fahlen scharfkantigen Stirn, die etwas welken Lider mit spärlichen Wimpern, das gelblich-blasse, hagere Gesicht mit dem höchst ausdrucksvollen Munde, der so klar zu artikulieren und so resigniert-spöttisch zu lächeln verstand, und dem energischen, glattrasierten Kinn. Das Bild blieb mir eingeprägt, eines von vielen, es ruhte Jahre und Jahrzehnte unbenützt in seinem raumlosen Archiv und erwies sich, wenn seine Stunde einmal wieder kam und es angerufen wurde, jedesmal als vollkommen gegenwärtig und frisch, als wäre vor einem Augenblick und Liderblinzeln noch sein Urbild selbst vor mir gestanden. Und indem ich, den Mann auf dem Katheder beobachtend, seine leidenden und von Leidenschaftlichkeit durchzuckten, aber von geistiger Arbeit und Zucht beherrschten Züge in mich aufnahm und in mir zum langdauernden Bilde werden ließ, war die öde Stube doch nicht so öde und die scheinbar leere und langweilige Stunde doch nicht so leer und langweilig. Seit vielen Jahrzehnten ist dieser Lehrer unter der Erde, und wahrscheinlich bin von den Humanisten jenes Jahrganges ich der einzige noch lebende und der, mit dessen Tode erst dieses Bildnis für immer auslöschen wird. Mit keinem meiner Mitgriechen, deren Kamerad ich damals nur kurze Zeit gewesen bin, hat mich Freundschaft verbunden. Von einem weiß ich nur, daß er längst nicht mehr lebt, von einem andern, daß er im Jahre 1914 im Kriege umgekommen ist. Und von einem dritten, einem, den ich gern mochte und dem einzigen von uns, der unser aller damaliges Ziel wirklich erreicht hat und Theologe und Pfarrer geworden ist, erfuhr ich später Bruchstücke seines merkwürdigen und eigensinnigen Lebenslaufes: er, der die Muße jeder Arbeit vorzog und viel Sinn für die kleinen sinnlichen Genüsse des Lebens hatte, wurde als Student von seinen Verbindungsbrüdern »die Materie« genannt, er blieb unvermählt, brachte es als Theologe bis zu einer Dorfpfarre, war viel auf Reisen, wurde beständiger Versäumnisse in seinem Amte bezichtigt, ließ sich noch bei jungen und gesunden Jahren in den Ruhestand versetzen und lag seiner Pensionsansprüche wegen lange mit der Kirchenbehörde im Prozeß, begann an Langeweile zu leiden (er war schon als Knabe außerordentlich neugierig gewesen) und bekämpfte sie teils durch Reisen, teils durch die Gewohnheit, täglich einige Stunden als Zuhörer in den Gerichtssälen zu sitzen, und hat sich, da er die Leere und Langeweile dennoch immer mehr wachsen sah, als beinahe Sechzigjähriger im Neckar ertränkt.

Ich erschrak und senkte wie ertappt den auf des Lehrers Schädel ruhenden Blick, als dieser sein Gesicht erhob und über die Klasse weg spähte.

»Weller« hörten wir ihn rufen, und gehorsam stand hinten in einer der letzten Bänke Otto Weller auf. Wie eine Maske schwebte sein großes rotes Gesicht über den Köpfen der andern.

Der Professor winkte ihn zu sich an den Katheder, hielt ihm ein blaues kleines Heft vors Gesicht und stellte ihm leise ein paar Fragen. Weller antwortete ebenfalls flüsternd und sichtlich beunruhigt, mir schien, er verdrehe die Augen ein wenig, und das gebe ihm ein bekümmertes und ängstliches Aussehen, woran wir bei ihm nicht gewöhnt waren. Er war eine gelassene Natur und stak in einer Haut, an welcher vieles ohne Schaden ablief, was anderen schon wehe tat. Übrigens war es ein eigentümliches und unverwechselbares Gesicht, dem er jetzt diesen sorgenvollen Ausdruck gab, ein ganz unverwechselbares und für sich ebenso unvergeßliches Gesicht wie das meines ersten Griechischlehrers. Es waren damals manche Mitschüler meiner Klasse, von denen weder Gesicht noch Namen eine Spur in mir hinterlassen haben; ich wurde ja auch schon im nächsten Jahr in eine andere Stadt und Schule geschickt. Das Gesicht Otto Wellers aber kann ich mir in vollkommener Deutlichkeit noch heute vergegenwärtigen. Es fiel, wenigstens zu jener Zeit, vor allem durch seine Größe auf, es war nach den Seiten und nach unten hin vergrößert, denn die Partien unterhalb der Kinnbacken waren stark geschwollen und diese Geschwulst machte das Gesicht um vieles breiter, als es sonst gewesen wäre. Ich erinnere mich, daß ich, von dieser Erscheinung beunruhigt, ihn einmal gefragt habe, was denn eigentlich mit seinem Gesicht los sei, und erinnere mich seiner Antwort: »Das sind die Drüsen, weißt du. Ich habe Drüsen.« Nun, auch von diesen Drüsen abgesehen war Wellers Gesicht recht malerisch, es war voll und kräftig rot, die Haare dunkel, die Augen gutmütig und die Bewegungen der Augäpfel sehr langsam, und dann hatte er einen Mund, der trotz seiner Röte dem einer alten Frau glich. Vermutlich der Drüsen wegen hielt er das Kinn etwas gehoben, so daß man den ganzen Hals sehen konnte; diese Haltung trug dazu bei, die obere Gesichtshälfte zurückzudrängen und beinahe vergessen zu lassen, während die vergrößerte untere trotz des vielen Fleisches zwar vegetativ und ungeistig, aber wohlwollend, behaglich und nicht unliebenswürdig aussah. Mir war er mit seinem breiten Dialekt und gutartigen Wesen sympathisch, doch kam ich nicht sehr viel mit ihm zusammen; wir lebten in verschiedenen Sphären: in der Schule gehörte ich zu den Humanisten und hatte meinen Sitz nahe dem Katheder, während Weller zu den vergnügten Nichtstuern gehörte, die ganz hinten saßen, selten eine Antwort auf Lehrerfragen wußten, häufig Nüsse, gedörrte Birnen und dergleichen aus den Hosentaschen zogen und verzehrten und durch ihre Passivität ebenso wie durch unbeherrschtes Schwatzen und Kichern nicht selten dem Lehrer lästig wurden. Und auch außerhalb der Schule gehörte Otto Weller einer anderen Welt zu als ich, er wohnte draußen in der Nähe des Bahnhofs, weit von meiner Gegend entfernt, und sein Vater war Eisenbahner, ich kannte ihn nicht einmal vom Sehen.

Otto Weller wurde nach kurzem Geflüster wieder an seinen Platz zurückgeschickt, er schien unzufrieden und bedrückt. Der Professor aber war aufgestanden, er hielt jenes kleine dunkelblaue Heft in der Hand und blickte suchend durch die ganze Stube. Auf mir blieb sein Blick haften, er kam auf mich zu, nahm mein Schreibheft, betrachtete es und fragte: »Du bist mit deiner Arbeit fertig?« Und als ich ja gesagt hatte, winkte er mir, ihm zu folgen, ging zur Tür, die er zu meiner Verwunderung öffnete, winkte mich hinaus und schloß die Tür hinter uns wieder.

»Du kannst mir einen Auftrag besorgen«,

sagte er und übergab mir das blaue Heft. »Hier ist das Zeugnisheft von Weller, das nimmst du und gehst damit zu seinen Eltern. Dort sagst du, ich lasse fragen, ob die Unterschrift unter Wellers Zeugnis wirklich von der Hand seines Vaters sei.«

Ich schlüpfte hinter ihm nochmals ins Schulzimmer zurück und holte meine Mütze vom hölzernen Rechen, steckte das Heft in die Tasche und machte mich auf den Weg.

Es war also ein Wunder geschehen. Es war, mitten während der langweiligen Stunde, dem Professor eingefallen, mich spazieren zu schicken, in den schönen lichten Vormittag hinaus. Ich war benommen vor Überraschung und Glück, nichts Erwünschteres hätte ich mir denken können. In Sprüngen nahm ich die beiden Treppen mit den tief ausgetretenen fichtenen Stufen, hörte aus einem der anderen Schulräume die eintönige, diktierende Stimme eines Lehrers schallen, sprang durchs Tor und die flachen Sandsteinstufen hinab und schlenderte dankbar und glücklich in den hübschen Morgen hinein, der eben noch so ermüdend lang und leer geschienen hatte. Hier draußen war er es nicht, hier war weder von der Öde noch von den geheimen Spannungen etwas zu spüren, die im Klassenzimmer den Stunden das Leben aussog und sie so erstaunlich in die Länge zog. Hier wehte Wind und flogen eilige Wolkenschatten über das Pflaster des breiten Marktplatzes, Taubenschwärme erschreckten kleine Hunde und brachten sie zum Bellen, Pferde standen vor Bauernwagen gespannt, hatten eine hölzerne Krippe vor sich stehen und fraßen Heu, die Handwerker waren an der Arbeit oder unterhielten sich durch ihre niedrig gelegenen Werkstättenfenster mit der Nachbarschaft. Im kleinen Schaufenster der Eisenhandlung lag immer noch die derbe Pistole mit dem blaustählernen Lauf, die zweieinhalb Mark kosten sollte und mir seit Wochen in die Augen stach. Verlockend und schön war auch die Obstbude der Frau Haas auf dem Markt und der winzige Spielzeugladen des Herrn Jenisch, und nebenan blickte aus dem offenen Werkstattfenster das weißbärtige und rotleuchtende Gesicht des Kupferschmiedes, wetteifernd an Glanz und Röte mit dem blanken Metall des Kessels, an dem er hämmerte. Dieser stets muntere und stets neugierige alte

Mann ließ selten jemand an seinem Fenster vorübergehen, ohne ihn anzusprechen oder mindestens einen Gruß mit ihm zu tauschen. Auch mich sprach er an: »Ja, ist denn eure Schule schon aus?« und als ich ihm erzählt hatte, daß ich einen Auftrag meines Lehrers zu besorgen habe, riet er mir verständnisvoll: »Na, dann pressier du nur nicht zuviel, der Vormittag ist noch lang.« Ich folgte seinem Rat und blieb eine gute Weile auf der alten Brücke stehen. Auf die Brüstung gestützt, blickte ich ins still ziehende Wasser hinab und beobachtete ein paar kleine Barsche, die ganz tief, nah am Boden, scheinbar schlafend und regungslos am selben Fleck verweilten, in Wirklichkeit aber unmerklich die Plätze miteinander tauschten. Sie hielten die Mäuler nach unten gekehrt, den Boden absuchend, und wenn sie zuweilen wieder flach und unverkürzt zu erblicken waren, konnte ich auf ihren Rücken das helldunkle Streifenmuster erkennen. Über das nahe Wehr rann mit sanftem helltönigem Rauschen das Wasser, weiter unten auf der Insel lärmten in Scharen die Enten, auf diese Entfernung tönte auch ihr Geschwader und Gequake sanft und eintönig und hatte gleich dem Strömen des Flusses übers Wehr jenen zauberischen Klang von Ewigkeit, in den man versinken und von dem man sich einschläfern und zudecken lassen konnte wie vom nächtlichen Sommerregenrauschen oder vom leisen dichten Sinken des Schneefalles. Ich stand und schaute, stand und lauschte, zum erstenmal an diesem Tage war ich für eine kleine Weile wieder in jener holden Ewigkeit, in der man von Zeit nichts weiß.

Schläge der Kirchenuhr weckten mich. Ich schrak auf, fürchtete, viel Zeit vertan zu haben, erinnerte mich meines Auftrages. Und jetzt erst fing dieser Auftrag und was mit ihm zusammenhing meine Aufmerksamkeit und Teilnahme ein. Indem ich ohne weiteres Säumen der Bahnhofsgegend zustrebte, fiel mir Wellers unglückliches Gesicht wieder ein, wie er mit dem Professor geflüstert hatte, jenes Verdrehen der Augen und der Ausdruck seines Rückens und seines Ganges, wie er so langsam und wie geschlagen in seine Bank zurückgekehrt war.

Daß einer nicht zu allen Stunden derselbe sein, daß er manche Gesichter, mancherlei

Ausdruck und Haltung haben könne, nun, das war nichts Neues, das wußte man längst und kannte es, an anderen wie an sich selber. Neu aber war, daß es diese Unterschiede, diesen wunderlichen und bedenklichen Wechsel zwischen Mut und Angst, Freude und Jammer auch bei ihm gab, bei dem guten Weller mit dem Drüsengesicht und den Hosentaschen voll Eßbarem, bei einem von jenen dort hinten in den letzten beiden Bänken, die sich so gar keine Schulsorgen zu machen und von der Schule nichts als ihre Langeweile zu fürchten schienen, einem von jenen im Lernen so gleichgültigen, mit den Büchern so unvertrauten Kameraden, die dafür, sobald es um Obst und Brot, Geschäfte und Geld und andere Angelegenheiten der Erwachsenen ging, uns andern so weit voraus und beinah schon selber wie Erwachsene waren – das beunruhigte mich nun, indem ich meine Gedanken damit beschäftigte, recht sehr.

Ich erinnerte mich einer seiner sachlichen und lakonischen Mitteilungen, mit der er mich noch vor kurzem überrascht und beinah in Verlegenheit gebracht hatte. Es war auf dem Weg zur Bachwiese, wo wir im

Schwarm der Kameraden eine kleine Strecke weit nebeneinander gingen. Das Röllchen mit Handtuch und Badehose unter den Arm geklemmt, schritt er in seiner gelassenen Weise neben mir, und plötzlich blieb er eine Sekunde stehen, wandte mir sein großes Gesicht zu und sagte die Worte: »Mein Vater verdient sieben Mark am Tag.«

Ich hatte bisher von niemandem gewußt, wieviel er am Tag verdiene, und wußte auch nicht so recht, wieviel sieben Mark eigentlich seien, es schien mir immerhin eine recht schöne Summe, und er hatte sie auch mit einem Ton von Befriedigung und Stolz genannt. Aber da das Auftrumpfen mit irgendwelchen Zahlen und Größen eine der Spielarten im Unterhaltungston zwischen uns Schülern war, ließ ich, obwohl er vermutlich die Wahrheit gesagt hatte, mir nicht imponieren. Wie man einen Ball zurückschlägt, warf ich ihm meine Entgegnung hin und teilte ihm mit, daß mein Vater am Tag zwölf Mark verdiene. Das war gelogen, war frei erfunden, machte mir aber keine Skrupel, denn es war eine rein rhetorische Übung. Weller dachte einen Augenblick nach, und als er sagte:

»Zwölf? Das ist bei Gott nicht schlecht!« ließ sein Blick und Ton es fraglich, ob er meine Auskunft ernst genommen habe oder nicht. Er bestand nicht darauf, mich zu entlarven, er ließ es gut sein, ich hatte da etwas behauptet, woran sich vielleicht zweifeln ließ, er nahm es hin und fand es keiner Auseinandersetzung wert, und damit war er wieder der Überlegene und Erfahrene, der Praktiker und beinah Erwachsene, und ich erkannte das ohne Widerspruch an. Es war, als habe ein Zwanzigjähriger mit einem Elfjährigen gesprochen. Aber waren wir denn nicht beide elfjährig?

Ja, und noch eine andere seiner so erwachsen und sachlich hingesprochenen Mitteilungen fiel mir ein, die mich noch mehr erstaunt und bestürzt hatte. Sie bezog sich auf einen Schlossermeister, dessen Werkstatt nicht weit von meinem großväterlichen Hause entfernt lag. Dieser Mann hatte sich eines Tages, wie ich mit Entsetzen von den Nachbarn erzählen hörte, das Leben genommen, etwas, was in der Stadt seit manchen Jahren nicht vorgekommen und mir, wenigstens in solcher Nähe von uns, mitten zwischen den vertrauten lieben Umgebungen meines Knabenlebens, bisher völlig undenkbar gewesen war. Es hieß, er habe sich erhängt, doch wurde darüber noch gestritten, man wollte ein so seltenes und großes Ereignis nicht gleich registrieren und zu den Akten legen, sondern erst sein Grausen und Schaudern daran haben, und so wurde der arme Tote am ersten Tage nach seinem Ende von den Nachbarsfrauen, Dienstmägden, Briefträgern mit einem Sagenkreis umsponnen, von dem auch mich einige Strähnen erreichten. Andern Tages aber traf Weller mich auf der Straße, wie ich scheu nach dem Schlosserhause mit der verstummten und geschlossenen Werkstatt hinüberblickte, und fragte, ob ich wissen wolle, wie es der Schlosser gemacht habe. Dann gab er mir freundlich und mit einem überzeugenden Anschein von absolutem Wissen Auskunft: »Also, weil er doch Schlosser gewesen ist, hat er keinen Strick nehmen wollen, er hat sich an einem Draht aufgehängt. Er hat den Draht und Nägel und Hammer und Zange mitgenommen, ist den Teichelweg hinausgegangen, fast ganz bis zur Waldmühle, dort hat er den Draht zwischen zwei Bäumen gut festgemacht und sogar noch die übrigen Enden sorgfältig mit der Zange abgezwickt, und dann hat er sich an dem Draht aufgehängt. Wenn sich aber einer aufhängt, nicht wahr, dann hängt er sich meistens unten am Hals auf, und dann treibt es ihm die Zunge heraus, das sieht scheußlich aus, und das wollte er nicht haben. Also, was hat er getan? Er hat sich nicht unten am Hals aufgehängt, sondern ganz vorn beim Kinn, und darum hat ihm die Zunge nachher nicht herausgehangen. Aber blau im Gesicht ist er doch geworden.«

Und nun hatte dieser Weller, der so gut in der Welt Bescheid wußte und sich um die Schule so wenig kümmerte, offenbar eine schwere Sorge. Es bestand ein Zweifel, ob die Unterschrift seines Vaters unter dem letzten Zeugnis wirklich echt sei. Und da Weller so sehr bedrückt ausgesehen und bei seinem Rückweg durchs Schulzimmer einen so geschlagenen Ausdruck gehabt hatte, konnte man wohl annehmen, es habe mit jenem Zweifel seine Richtigkeit, und wenn dem so war, dann war es ja nicht nur ein Zweifel, sondern ein Verdacht oder eine Anklage, daß nämlich Otto Weller selbst seines Vaters Namenszug nachzuahmen versucht habe. Erst jetzt, wo ich nach dem kurzen Freuden- und Freiheitsrausch wieder wach und zum Denken fähig geworden war, begann ich den gequälten und verdrehten Blick meines Kameraden zu verstehen und zu ahnen, daß da eine fatale und häßliche Geschichte spiele; ja ich begann zu wünschen, ich möchte lieber nicht der glückliche Auserwählte sein, den man während der Schulstunde spazieren geschickt hatte. Der heitere Vormittag mit seinem Wind und seinen jagenden Wolkenschatten und die heitere hübsche Welt, durch die ich spaziert war, hatten sich verändert, meine Freude sank und sank, und statt ihrer füllten die Gedanken an Weller und seine Geschichte mich aus, lauter unangenehme und traurigmachende Gedanken. War ich auch noch ohne Weltkenntnis und ein Kind neben Wellers sachlicher Erfahrenheit, so wußte ich doch, und zwar aus frommen moralischen Erzählungen für die reifere Jugend, daß das Fälschen einer Unterschrift etwas ganz Schlimmes, etwas Kriminelles war, eine jener Etappen auf dem Wege, der die Sünder ins Gefängnis und zum Galgen führte. Und doch war unser Schulkamerad Otto ein Mensch, den ich gern hatte, ein gutartiger und netter Kerl, den ich nicht für einen Verworfenen und zum Galgen Bestimmten halten konnte. Ich hätte dies und jenes dafür gegeben, wenn sich herausstellen würde, daß die Unterschrift echt und der Verdacht ein Irrtum sei. Aber hatte ich nicht sein bekümmert-erschrockenes Gesicht gesehen, hatte er nicht recht deutlich merken lassen, daß er Angst und also ein schlechtes Gewissen habe?

Ich näherte mich schon, wieder ganz langsam gehend, jenem Hause, in dem lauter Leute von der Eisenbahn wohnten, als mir der Gedanke kam, ob ich nicht vielleicht etwas für Otto tun könne. Wenn ich nun, dachte ich, gar nicht in dieses Haus hineinginge, sondern in die Klasse zurück, und dem Professor melden würde, die Unterschrift sei in Ordnung? Kaum war mir der Einfall gekommen, da spürte ich schwere Beklemmungen: ich hatte mich selber in diese schlimme Geschichte eingeschaltet, ich würde, wenn ich meinem Einfall folgte, nicht mehr zufälliger Bote und Nebenfigur, sondern Mitspieler und Mitschuldiger sein. Ich ging immer langsamer, ging schließlich an dem Hause vorbei und langsam weiter, ich mußte Zeit gewinnen, ich mußte es mir noch überlegen. Und nachdem ich mir die rettende und edle Lüge, zu der ich schon halb entschlossen war, als wirklich ausgesprochen dachte und mich in ihre Folgen verstrickt hatte, sah ich ein, daß das über meine Kräfte gehe. Nicht aus Klugheit, aus Furcht vor den Folgen verzichtete ich auf die Rolle des Helfers und Retters. Ein zweiter, harmloserer Ausweg fiel mir noch ein: ich konnte umkehren und melden, daß bei Wellers niemand zu Hause gewesen sei. Aber siehe, auch zu dieser Lüge reichte mein Mut nicht aus. Der Professor würde mir zwar glauben, aber er würde fragen, warum ich dann so lange ausgeblieben sei. Betrübt und mit schlechtem Gewissen ging ich endlich in das Haus hinein, rief nach Herrn Weller und wurde von einer Frau in den oberen Stock gewiesen, dort wohnt Herr Weller, aber er sei im Dienst und ich werde nur seine Frau antreffen. Ich stieg die Treppe hinan, es war ein kahles und eher unfreundliches Haus, es roch nach Küche und nach einer scharfen Lauge oder Seife. Und oben fand ich richtig Frau

Weller; sie kam aus der Küche, war eilig und fragte kurz, was ich wolle. Als ich aber berichtet hatte, daß der Klassenlehrer mich geschickt habe und es sich um Ottos Zeugnis handle, trocknete sie die Hände an ihrer Schürze ab und führte mich in die Stube, bot mir einen Stuhl an und fragte sogar, ob sie mir etwas vorsetzen könne, ein Butterbrot etwa oder einen Apfel. Ich hatte aber schon das Zeugnisheft aus der Tasche gezogen, hielt es ihr hin und sagte ihr, der Professor lasse fragen, ob die Unterschrift wirklich von Ottos Vater sei. Sie verstand nicht gleich, ich mußte es wiederholen, angestrengt hörte sie zu und hielt sich nun das aufgeschlagene Heft vor die Augen. Ich konnte sie mir in Muße ansehen, denn sie saß sehr lange Zeit regungslos, starrte in das Heft und sagte kein Wort. So betrachtete ich sie denn, und ich fand, daß ihr Sohn ihr sehr ähnlich sehe, nur die Drüsen fehlten. Sie war frisch und rot im Gesicht, aber während sie so saß, nichts sagte und das Büchlein in Händen hielt, sah ich dies Gesicht ganz langsam schlaff und müde, welk und alt werden, es dauerte Minuten, und als sie endlich das Ding in ihren Schoß sinken ließ und mich wieder ansah oder ansehen wollte, liefen ihr aus beiden weit offenen Augen still und stetig große Tränen herab. Während sie das Heft noch in Händen gehalten und sich den Anschein gegeben hatte, als studiere sie es, waren, wie ich zu wissen meinte, eben jene Vorstellungen vor ihr aufgetaucht und in traurigem und schrecklichem Zuge vor ihrem innern Blick vorbeigezogen, die auch mich heimgesucht hatten, die Vorstellungen vom Weg des Sünders ins Böse und vors Gericht, ins Gefängnis und zum Galgen.

Tief beklommen saß ich ihr, die für meinen Kinderblick eine alte Frau war, gegenüber, sah die Tränen über ihre roten Backen laufen und wartete, ob sie etwas sagen würde. Das lange Schweigen war so schwer zu ertragen. Sie sagte aber nichts. Sie saß und weinte, und als ich, da ich es nicht mehr aushielt, endlich selbst das Schweigen durchbrach und nochmals fragte, ob Herr Weller seinen Namen selbst in das Heft geschrieben habe, machte sie ein noch mehr bekümmertes und trauriges Gesicht und schüttelte mehreremal den Kopf. Ich stand auf, und auch sie erhob sich, und als ich ihr die Hand hinreichte, nahm sie sie und hielt sie eine Weile in ihren kräftigen warmen Händen. Dann nahm sie das unselige blaue Heft, wischte ein paar Tränen von ihm ab, ging zu einer Truhe, zog eine Zeitung daraus hervor, riß sie in zwei Stücke, legte eines in die Truhe zurück und machte aus dem andern säuberlich einen Umschlag um das Heft, das ich nicht wieder in meine Jackentasche zu stecken wagte, sondern sorgfältig in der Hand davontrug.

Ich kehrte zurück und sah unterwegs weder Wehr noch Fische, weder Schaufenster noch Kupferschmied, stattete meinen Bericht ab, war eigentlich enttäuscht darüber, daß mir mein langes Ausbleiben nicht vorgeworfen wurde, denn das wäre in Ordnung gewesen und hätte mir eine Art von Trost bedeutet, so als würde ich zu einem kleinen Teil mitbestraft, und habe mir in der folgenden Zeit alle Mühe gegeben, diese Geschichte zu vergessen.

Ob und wie mein Mitschüler bestraft wurde, habe ich nie erfahren, wir beide haben über diese Angelegenheit nie ein Wort miteinander gesprochen, und wenn ich je einmal auf der Straße von weitem seiner Mutter gewahr wurde, war mir kein Umweg zu weit, um die Begegnung zu vermeiden.

(1948)

Nachwort

Die beiden Prosastücke sind Geschichten, die mit allerlei Bedenken über die Kunst des Erzählens in heutiger Zeit anheben: ». . . daß das Erzählen eine Kunst sei, deren Voraussetzungen uns Heutigen, oder doch mir, fehlen . . .« So steht es in der Geschichte vom Bettler. In der andern, der von der unterbrochenen Schulstunde, gesteht der Dichter, daß früher, vor der Zeit des methodischen Zweifels, seine Geschichten ». . . mir und meinen Lesern beinah ebensoviel Vergnügen machten wie das Erzählen einst dem großen Meister von Seldwyla und das Zuhören seinen Lesern gemacht hatte«. Das Zuhören: es ist eine poetische Lizenz, eine leicht altertümliche, so wie er auch, um das in poetischer Prosa dissonierende Wort Kilometer zu vermeiden, das alte schöne Wort Meile hinsetzt, obwohl außerhalb der angelsächsischen Welt fast niemand mehr über die damit bezeichnete Entfernung Bescheid weiß. Angedeutet den methodischen Zweifel an der Möglichkeit heutiger Erzählungskunst, was mehrere Wortführer neuer literarischer Bewegungen unterwegs nach dem Neuen Roman ebenfalls, aber *vor* einer vergleichbaren Lebensleistung, getan haben, macht sich Hesse in Gottesnamen dann eben doch ans Erzählen, seufzend und mit allerlei Umständlichkeiten. Der Epiker ist ja ein Mensch, der Umstände macht und sie machen muß, unterjocht von den Gesetzen seiner Kunstgattung. Er litt an der Einsicht, »daß meine Art zu erleben und meine Art zu erzählen einander nicht entsprachen, daß ich dem guten Erzählen zuliebe die Mehrzahl meiner Erlebnisse und Erfahrungen mehr oder weniger vergewaltigt hatte . . .« Als Leser darf ich leise das Geständnis einschieben, daß mir bei einem epischen Dichter am guten Erzählen mehr liegt als an der Echtheitspflege in Bezug auf den Rohstoff der Erlebnisse, worin André Gide und heute Jouhandeau und andere Bekenner ein Äußerstes geleistet haben: die kunstmäßig »vergewaltigten«, das heißt die Form gewordenen Erlebnisse werden schwerer in der Waagschale liegen.

Zu diesen gehören die beiden kurzen Geschichten, die sich als bloße Niederschrift von Erinnerungen geben, demnach unter ihrem Stand auftreten. Sachlich und umständlich ist bei beiden der erzählende Teil, mit genau geschauten Landschaften und Menschen, sorgfältig zugemessenen Sympathien, Zonen des kühlen Interesses, ja der Abneigung; bei beiden auch die poetische Mischung aus Glück in erinnerter Kindheit – »in der ich noch ein Mensch, ein Sohn, ein Bruder, ein Kind Gottes war und noch nicht ein Bündel von Trieben, Reaktionen und Beziehungen, noch nicht der Mensch des heutigen Weltbildes« – und anderseits aus Trauer um den Verlust des fast überwirklich vorgestellten und nachgeträumten kindlichen Einklanges mit sich selbst und der Welt. Kindheit: sie ist ihm, was den Romantikern die geschichtliche Frühe des Menschengeschlechts, nämlich die vereinfachend und dichterisch ausgedachte Zeit der Seele, der Fülle, der strömenden lyrischen Verzauberung, ein nicht endender Kairos. Der mitten aus einer Schulstunde mit Auftrag weggeschickte Knabe schlendert am Flüßchen entlang, hin über die Grenzen unseres Tages: »Über das nahe Wehr rann mit sanftem helltönigem Rauschen das Wasser, weiter unten auf der Insel lärmten in Scharen die Enten, auf diese Entfernung tönte auch ihr

Geschwader und Gequake sanft und eintönig und hatte gleich dem Strömen des Flusses übers Wehr jenen zauberischen Klang von Ewigkeit, in den man versinken und von dem man sich einschläfern und zudecken lassen konnte wie von nächtlichem Sommerregenrauschen oder vom leisen dichten Sinken des Schneefalles. Ich stand und schaute, stand und lauschte, zum erstenmal an diesem Tage war ich für eine Weile wieder in jener holden Ewigkeit, in der man von Zeit nichts weiß.« Innig, dabei genießerisch besingen diese beiden Sätze das Entschlüpfen des Knaben aus seinem noch schwach begrenzten Ich, getragen von der Monotonie des Rauschens, hinüber in ein vorgeahntes Nirwana; in merkwürdig musikalischem Drang nach Symmetrie wird alles zweimal gesagt oder verglichen, und wie die beiden Mittelpunkte einer Ellipse, zu denen alles und jeder Ton zurückgelenkt wird, erscheint zweimal das Wort Ewigkeit. Der Lyriker darf in dieser klassizistisch bewußten und schön bemessenen Prosa immer wieder mitsprechen, ja zur überlegten Kunst des Dichters gehören fast narkotisierend musizierende Passagen, weil gegen das

Ende hin, jedesmal auf den letzten beiden Seiten, plötzlich ein Umschlag zu erfolgen hat, der dem Knaben den Stoß einer schmerzhaften, einer *erstmaligen* Erfahrung versetzt.

Initiationen ins Menschliche sind die beiden Erfahrungen, die ihn und seine heile Welt aufreißen, während er die Vorgänge, deren Zeuge er wird, nur mit hängenden Armen wahrnehmen und registrieren kann, mit Verwunderung darüber, wie wirklich und fremd andere Menschen sind und wie jenseits der augenblicklichen Ewigkeitsgeborgenheit des lyrischen Ichs die Welt ohne Einklang mit irgendeinem einzelnen Menschenwillen ihren epischen Gang geht, und wie beständig dramatische Explosionen erfolgen. Die Raserei plötzlicher Panik jagt den Bettler auf und davon wie einen durchbrennenden Gaul, weil er der Berührung mit der ihm entgegengebrachten brüderlichen Güte des Vaters nicht gewachsen ist. Wie bizarr tritt da ein Mensch vor Knabenaugen in Erscheinung, ausweichend, sich entziehend, gehetzt im sinnlosen Versuch das, was er getan und was ihn in diese Lage gebracht hat, rückgängig und ungeschehen zu machen . . . im Gefühl, er sei ja wesentlich nicht das, wofür er sich, ohne die Tragweite ermessen zu können, ausgegeben hat. Er wird psychologisch nicht zerlegt; der Knabe jedoch reagiert auf vielfältig zusammengesetzte Weise, nämlich mit sechs ineinander gewirkten Gefühlen: Schrecken, Aufatmen, Verblüffung, Dankbarkeit, Enttäuschung, Bedauern; sie werden so angeführt. Selber aufgerissen starrt er in den Abgrund, der sich aufgetan und scheinbar Unbegreiflichstes aus Tiefen entlassen hat: einen Dämon erschreckter Lebensflucht vor einem bösen Leben, das die verwirrende Maske der Sanftmut und Nächstenliebe angenommen hat. Der Bettler als Menschengestalt bleibt fremd und leer, dem Dichter kam es ja darauf an, von seinem Vater zu sprechen und von dessen evangelisch mildem Sinn und seiner, des Sohnes, verborgenen, vielleicht erst in der Erinnerung voll erwachsenen und verstandenen Hinneigung zu ihm.

*

Die Szene hat auch etwas Burleskes, während die Hauptszene der letzten Geschichte, auf die hin alles geordnet ist, das Herz anrührt, wie von weitem her, so gehalten und untertreibend wird sie entwickelt. Der längst und mehrfach totgesagte Realismus feiert in dieser Szene einen wahren Lebenstriumph, noch lange nicht den letzten; da gibt es jene Einzelheiten, in denen der Geist der epischen Muse umgeht: der Schüler Hesse betritt in heikler Mission das Haus, in dem sein Klassenkamerad Otto Weller wohnt: »Ich stieg die Treppe hinan, es war ein kahles und eher unfreundliches Haus, es roch nach Küche und nach einer scharfen Lauge oder Seife. Und oben fand ich richtig Frau Weller, sie kam aus der Küche, war eilig und fragte kurz, was ich wolle. Als ich berichtet hatte, daß der Klassenlehrer mich geschickt habe und es sich um Ottos Zeugnis handle, trocknete sie die Hände an ihrer Schürze ab und führte mich in die Stube, bot mir einen Stuhl an und fragte sogar, ob sie mir etwas vorsetzen könne, ein Butterbrot etwa oder einen Apfel . . .« Das Zeremoniell wird innegehalten, dann aber geht es rasch, die Mutter wird getroffen, wie sie die gefälschte Unterschrift ihres Otto erblickt, das heißt ihn selbst, wie sie ihn noch niemals sah, verstrickt, vielleicht für sein Leben, in das

Böse dieser Welt. Eine dramatische Fassung dieser Szene würde ins Reich Gerhart Hauptmanns gehören, wo manchmal dem harten, unverständlich gewordenen Geschehen eine äußerste, eben darum rührende Hilflosigkeit der Menschen begegnet. Wieder geht die Erzählung in gemächlichem, ja zwischendurch verträumtem Gang vor sich hin wie der Erzähler, der jugendliche Hermes mit seiner zweideutigen Botschaft, welche auf Umwegen, aber schrecklich unaufhaltsam dem Opfer naht. (Hermetisch ist auch die Erinnerung an etwas prahlerische Geldgespräche, die er mit dem fehlbaren Otto Weller geführt hatte.) Das hilflose Kopfschütteln und die Tränen der Mutter müssen dem Boten nahegegangen sein – »ich habe mir in der folgenden Zeit alle Mühe gegeben, diese Geschichte zu vergessen« –, aber er bewahrte die Aufmerksamkeit auf den mütterlichen Kummer, durch den die noch geringfügige, aber eben doch jenseits der Grenze begangene Missetat des Sohnes in einer höheren Verrechnung aufgewogen und gesühnt wird.

Die beiden Geschichten nehmen ihre Vorwürfe aus der Zeit vor dem ersten Weltkrieg;

in der Darstellung verrät sich etwas von der Weitsichtigkeit, auch Scharfsichtigkeit eines Kundigen, der lange Zeit lernend sich zu vielem erzogen hat. Er selbst hebt die Bemühung um Wahrheit hervor, die solchen Aufzeichnungen – neben dem »Streben nach Form und Schönheit« – erst zu Wert verhülfen; der Leser wird sich an die unterwegs durch Jahrzehnte aus der Erinnerung zu ihrer eigenen Wahrheit gelangte Schau, oder Vision, in ihrer sprachlichen Exaktheit halten. Altmeisterlich, wie hier noch Kargheiten der Anlage sogleich als Kunstmittel verwendet werden, wie die Sprache nie von ihren eingeborenen Tönen abweichen darf, auch wo epische Besonderheiten sie zu rhythmenbrechender Übercharakteristik oder zur Aufgabe ihres Zeitmaßes verleiten könnten. Langsamkeit gehört zu den Kennzeichen der Prosa Hesses von Jugend an; ihr Gang bewahrt noch manches vom Verweilen, etwas von gehaltener ungroßstädtischer Würde, auch im höflichen Beachten von Konventionen. Hesse hat einmal von Thomas Manns »spiellustiger Prosa« geschrieben und dabei einen Punkt des die beiden Dichter Unterscheidenden hervorgehoben. Seine eigene Prosa hält sich dicht am Ernst; in ihr gibt es nicht wie bei seinem spiellustigen Freund auf jeder Seite die reflektierten Brechungen und Spiegelungen, die Freude am überscharfen, auch karikaturenhaften Beiwort, an gelegentlich wuchernd entfalteter barocker Satzarchitektur, bis zur Ironisierung der Syntax, an dem nicht nur unerschöpflichen, sondern in der Freude des Schreibenden daran beständig noch wachsenden Wortschatz. Ausgeprägt kommen in den beiden zwei Dichtertypen zur Erscheinung, der Klassizist und der Manierist, oder, wenn man will, Barocke. Der Vereinfachende – »Zeichnen heißt Weglassen«, hat Max Liebermann gesagt – und der Vervielfachende, der lyrisch Gehaltene und der im Bewußten Schweifende. Innerhalb des Sentimentalischen, in welchem als Zeitgenossen beide befaßt sind, ist Hesse der Naivere in dem Sinn, den Schiller, sein Landsmann, dem Wort verliehen hat.

Max Rychner

Zeittafel

1877	geboren am 2. Juli in Calw/Württemberg als Sohn des baltischen Missionars und späteren Leiters des »Calwer Verlagsvereins« Johannes Hesse (1847–1916) und dessen Frau Marie verw. Isenberg, geb. Gundert (1842–1902), der ältesten Tochter des namhaften Indologen und Missionars Hermann Gundert.
1881 –1886	wohnt Hesse mit seinen Eltern in Basel, wo der Vater bei der »Basler Mission« unterrichtet und 1883 die Schweizer Staatsangehörigkeit erwirbt (zuvor: russische Staatsangehörigkeit).
1886 –1889	Rückkehr der Familie nach Calw (Juli), wo Hesse das Reallyzeum besucht.
1890 –1891	Lateinschule in Göppingen zur Vorbereitung auf das Württembergische Landesexamen (Juli 1891), der Voraussetzung für eine kostenlose Ausbildung zum ev. Theologen im »Tübinger Stift«. Als staatlicher Schüler muß Hesse auf sein Schweizer Bürgerrecht verzichten. Deshalb erwirbt ihm der Vater im November 1890 die württembergische Staatsangehörigkeit (als einzigem Miglied der Familie).
1891 –1892	Seminarist im ev. Klosterseminar Maulbronn (ab Sept. 1891), aus dem er nach 7 Monaten flieht, weil er »entweder Dichter oder gar nichts werden wollte«.
1892	bei Christoph Blumhardt in Bad Boll (April bis Mai); Selbstmordversuch (Juni), Aufenthalt in der Nervenheilanstalt Stetten (Juni–August). Aufnahme in das Gymnasium von Cannstatt (Nov. 1892), wo er
1893	im Juli das Einjährig-Freiwilligen-Examen (Obersekundareife) absolviert. »Werde Sozialdemokrat und laufe ins Wirtshaus. Lese fast nur Heine, den ich sehr nachahmte.« Im Oktober Beginn einer Buchhändlerlehre in Esslingen, die er aber schon nach drei Tagen aufgibt.
1894 –1895	15 Monate als Praktikant in der Calwer Turmuhrenfabrik Perrot. Plan, nach Brasilien auszuwandern.

1895 –1898 Buchhändlerlehre in Tübingen (Buchhandlung Heckenhauer). 1896 erste Gedichtpublikation in »Das deutsche Dichterheim«, Wien. Die erste Buchpublikation *Romantische Lieder* erscheint im Oktober 1898.

1899 Beginn der Niederschrift eines Romans *Schweinigel* (Manuskript noch nicht aufgefunden). Der Prosaband *Eine Stunde hinter Mitternacht* erscheint im Juni bei Diederichs, Jena.

Im September Übersiedlung nach Basel, wo Hesse bis Januar 1901 als Sortimentsgehilfe in der Reich'schen Buchhandlung beschäftigt ist.

1900 beginnt er für die »Allgemeine Schweizer Zeitung« Artikel und Rezensionen zu schreiben, die ihm mehr noch als seine Bücher »einen gewissen lokalen Ruf machten, der mich im gesellschaftlichen Leben sehr unterstützte«.

1901 Von März bis Mai erste Italienreise.

Ab August 1901 (bis Frühjahr 1903) Buchhändler im Basler Antiquariat Wattenwyl.

Die *Hinterlassenen Schriften und Gedichte von Hermann Lauscher* erscheinen im Herbst bei R. Reich.

1902 *Gedichte* erscheinen bei Grote, Berlin, seiner Mutter gewidmet, die kurz vor Erscheinen des Bändchens stirbt.

1903 Nach Aufgabe der Buchhändler- und Antiquariatsstellung zweite Italienreise, gemeinsam mit Maria Bernoulli, mit der er sich im Mai verlobt. Kurz davor Abschluß der Niederschrift des *Camenzind*-Manuskripts, das Hesse auf Einladung des S. Fischer Verlags nach Berlin sendet. Ab Oktober (bis Juni 1904) u. a. Niederschrift von *Unterm Rad* in Calw.

1904 *Peter Camenzind* erscheint bei S. Fischer, Berlin. Eheschließung mit Maria Bernoulli und Umzug nach Gaienhofen am Bodensee (Juli) in ein leerstehendes Bauernhaus. Freier Schriftsteller und Mitarbeiter an zahlreichen Zeitungen und Zeitschriften (u. a. »Die Propyläen«, d. i. »Münchner Zeitung«; »Die Rheinlande«; »Simplicissimus«; »Der Schwabenspiegel«, d. i. »Württemberger Zeitung«). Die biographischen Studien *Boccaccio* und *Franz von Assisi* erscheinen bei Schuster & Loeffler, Berlin und Leipzig.

1905 im Dezember Geburt des Sohnes Bruno.

1906 *Unterm Rad* (1903–1904 entstanden) erscheint bei S. Fischer, Berlin. Gründung der liberalen, gegen das persönliche Regiment Wilhelms II. gerichteten Zeitschrift »März« (Verlag Albert Langen, München), als deren Mitherausgeber Hesse bis 1912 zeichnet.

1907 *Diesseits* (Erzählungen) erscheint bei S. Fischer, Berlin. In Gaienhofen baut und bezieht Hesse ein eigenes Haus »Am Erlenloh«.

1908 *Nachbarn* (Erzählungen) erscheint bei S. Fischer, Berlin.

1909 im März Geburt des zweiten Sohnes Heiner.

1910 *Gertrud* (Roman) erscheint bei Albert Langen, München.

1911 im Juli Geburt des dritten Sohnes Martin.
Unterwegs (Gedichte) erscheint bei Georg Müller, München; Sept. bis Dez. Indienreise mit dem befreundeten Maler Hans Sturzenegger.

1912 *Umwege* (Erzählungen) erscheint bei S. Fischer, Berlin. Hesse verläßt Deutschland für immer und übersiedelt mit seiner Familie nach Bern in das Haus des verstorbenen befreundeten Malers Albert Welti.

1913 *Aus Indien.* Aufzeichnungen einer indischen Reise, erscheint bei S. Fischer, Berlin.

1914 *Roßhalde* (Roman), erscheint im März bei S. Fischer, Berlin.
Bei Kriegsbeginn meldet sich Hesse freiwillig, wird aber als dienstuntauglich zurückgestellt und 1915 der Deutschen Gesandtschaft in Bern zugeteilt, wo er von nun an im Dienst der »Deutschen Gefangenenfürsorge« bis 1919 Hunderttausende von Kriegsgefangenen und Internierten in Frankreich, England, Rußland und Italien mit Lektüre versorgt, Gefangenenzeitschriften (z. B. die »Deutsche Interniertenzeitung«) herausgibt, redigiert und 1917 einen eigenen Verlag für Kriegsgefangene (»Verlag der Bücherzentrale für deutsche Kriegsgefangene«) aufbaut, in

welchem bis 1919 22 von H. H. edierte Bände erscheinen.
Zahlreiche politische Aufsätze, Mahnrufe, offene Briefe etc. in deutschen, schweizerischen und österreichischen Zeitungen und Zeitschriften.

1915 *Knulp.* Drei Geschichten aus dem Leben Knulps (Teilvorabdruck bereits 1908), erscheint bei S. Fischer, Berlin.
Am Weg (Erzählungen) erscheint bei Reuß & Itta, Konstanz.
Musik des Einsamen. Neue Gedichte, erscheint bei Eugen Salzer, Heilbronn.
Schön ist die Jugend (Erzählungen) erscheint bei S. Fischer, Berlin.

1916 Tod des Vaters, beginnende Schizophrenie seiner Frau und Erkrankung des jüngsten Sohnes führen zu einem Nervenzusammenbruch Hesses. Erste psychotherapeutische Behandlung durch den C. G. Jung-Schüler J. B. Lang bei einer Kur in Sonnmatt bei Luzern. Gründung der »Deutschen Interniertenzeitung« und des »Sonntagsboten für die deutschen Kriegsgefangenen«.

1917 wird Hesse nahegelegt, seine zeitkritische Publizistik zu unterlassen. Erste pseudonyme Zeitungs- und Zeitschriftenpublikationen unter dem Decknamen Emil Sinclair. Niederschrift des *Demian* (Sept. bis Okt.).

1919 Die politische Flugschrift *Zarathustras Wiederkehr.* Ein Wort an die deutsche Jugend von einem Deutschen, erscheint anonym im Verlag Stämpfli, Bern.
Auflösung des Berner Haushalts (April). Trennung von seiner in einer Heilanstalt internierten Frau. Unterbringung der Kinder bei Freunden. Im Mai Übersiedlung nach Montagnola/Tessin in die Casa Camuzzi, die er bis 1931 bewohnt.
Kleiner Garten. Erlebnisse und Dichtungen, erscheint bei E. P. Tal & Co., Wien und Leipzig.
Demian. Die Geschichte einer Jugend, erscheint bei S. Fischer, Berlin, unter dem Pseudonym Emil Sinclair. Die Sammlung *Märchen* erscheint bei S. Fi-

scher, Berlin. Gründung und Herausgabe der Zeitschrift »Vivos voco«, Für neues Deutschtum (Leipzig und Bern).

1920 *Gedichte des Malers,* Zehn Gedichte mit farbigen Zeichnungen, und die Dostojewski-Essays u.d.T. *Blick ins Chaos* erscheinen im Verlag Seldwyla, Bern.

Klingsors letzter Sommer (Erzählungen) erscheint bei S. Fischer, Berlin; danach, ebenfalls bei S. Fischer, *Wanderung*. Aufzeichnungen mit farbigen Bildern vom Verfasser.

Zarathustras Wiederkehr, Neuauflage bei S. Fischer, diesmal unter Angabe des Autors.

1921 *Ausgewählte Gedichte* erscheinen bei S. Fischer, Berlin. Krise mit fast anderthalbjähriger Unproduktivität zwischen der Niederschrift des ersten und des zweiten Teils von *Siddhartha*. Psychoanalyse bei C. G. Jung in Küsnacht bei Zürich.

Elf Aquarelle aus dem Tessin erscheint bei O. C. Recht, München.

1922 *Siddhartha*. Eine indische Dichtung, erscheint bei S. Fischer, Berlin.

1923 *Sinclairs Notizbuch* erscheint bei Rascher, Zürich. Erster Kuraufenthalt in Baden bei Zürich, das er fortan (bis 1952) alljährlich im Spätherbst aufsucht. Die Ehe mit Maria Bernoulli wird geschieden (Juni).

1924 Hesse wird wieder Schweizer Staatsbürger.

Bibliotheks- und Vorbereitungsarbeiten an seinen Herausgeberprojekten in Basel. Heirat mit Ruth Wenger, Tochter der Schriftstellerin Lisa Wenger.

Ende März Rückkehr nach Montagnola.

Psychologia Balnearia oder Glossen eines Badener Kurgastes, erscheint als Privatdruck; ein Jahr später als erster Band in der Ausstattung der »Gesammelten Werke in Einzelausgaben« u.d.T.:

1925 *Kurgast* bei S. Fischer, Berlin. Lesereise u. a. nach Ulm, München, Augsburg, Nürnberg (im November).

1926 *Bilderbuch* (Schilderungen) erscheint bei S. Fischer, Berlin. Hesse wird als auswärtiges Mitglied in die

Sektion für Dichtkunst der Preußischen Akademie der Künste gewählt, aus der er 1931 austritt: »Ich habe das Gefühl, beim nächsten Krieg wird diese Akademie viel zur Schar jener 90 oder 100 Prominenten beitragen, welche das Volk wieder wie 1914 im Staatsauftrag über alle lebenswichtigen Fragen belügen werden.«

1927 *Die Nürnberger Reise* und *Der Steppenwolf* erscheinen bei S. Fischer, Berlin, gleichzeitig – zum 50. Geburtstag Hesses – die erste Hesse-Biographie (von Hugo Ball). Auf Wunsch seiner zweiten Frau, Ruth, Scheidung der 1924 geschlossenen Ehe.

1928 *Betrachtungen* und *Krisis.* Ein Stück Tagebuch, erscheinen bei S. Fischer, Berlin, letzteres in einmaliger, limitierter Auflage.

1929 *Trost der Nacht.* Neue Gedichte, erscheint bei S. Fischer, Berlin; *Eine Bibliothek der Weltliteratur* als Nr. 7003 in Reclams Universalbibliothek bei Reclam, Leipzig.

1930 *Narziß und Goldmund* (Erzählung) erscheint bei S. Fischer, Berlin.

1931 Umzug innerhalb Montagnolas in ein neues, ihm auf Lebzeiten zur Verfügung gestelltes Haus, das H. C. Bodmer für ihn gebaut hat. Eheschließung mit der Kunsthistorikerin Ninon Dolbin, geb. Ausländer, aus Czernowitz.

Weg nach innen. Vier Erzählungen (»Siddhartha«, »Kinderseele«, »Klein und Wagner«, »Klingsors letzter Sommer«), erscheint als preiswerte und auflagenstarke Sonderausgabe bei S. Fischer, Berlin.

1932 *Die Morgenlandfahrt* erscheint bei S. Fischer, Berlin.

1932 –1943 Entstehung des *Glasperlenspiels.*

1933 *Kleine Welt* (Erzählungen aus »Nachbarn«, »Umwege« und »Aus Indien«, leicht bearbeitet) erscheint bei S. Fischer, Berlin.

1934 Hesse wird Mitglied des Schweizerischen Schriftstellervereins (zwecks besserer Abschirmung von der NS-Kulturpolitik und effektiverer Interventionsmöglichkeiten für die emigrierten Kollegen).

	Vom Baum des Lebens (Ausgewählte Gedichte) erscheint im Insel Verlag, Leipzig.
1935	*Fabulierbuch* (Erzählungen) erscheint bei S. Fischer, Berlin.
	Politisch erzwungene Teilung des S. Fischer Verlags in einen reichsdeutschen (von Peter Suhrkamp geleiteten) Teil und den Emigrationsverlag von Gottfried Bermann Fischer, dem die NS-Behörden nicht erlauben, die Verlagsrechte am Werk Hermann Hesses mit ins Ausland zu nehmen.
1936	läßt Hesse dennoch seine Hexameterdichtung *Stunden im Garten* in Bermann Fischers Exil-Verlag in Wien erscheinen.
	Im September erste persönliche Begegnung mit Peter Suhrkamp.
1937	*Gedenkblätter* und *Neue Gedichte* erscheinen bei S. Fischer, Berlin.
	Der lahme Knabe, ausgestattet von Alfred Kubin, erscheint als Privatdruck in Zürich.
1939 –1945	gelten Hesses Werke in Deutschland für unerwünscht. »Unterm Rad«, »Der Steppenwolf«, »Betrachtungen«, »Narziß und Goldmund« und »Eine Bibliothek der Weltliteratur« dürfen nicht mehr nachgedruckt werden.
	Die von S. Fischer begonnenen »Gesammelten Werke in Einzelausgaben« müssen deshalb in der Schweiz, im Verlag Fretz & Wasmuth, fortgesetzt werden.
1942	Dem S. Fischer Verlag, Berlin, wird die Druckerlaubnis für *Das Glasperlenspiel* verweigert. *Die Gedichte*, erste Gesamtausgabe von Hesses Lyrik, erscheinen bei Fretz & Wasmuth, Zürich.
1943	*Das Glasperlenspiel.* Versuch einer Lebensbeschreibung des Magister Ludi Josef Knecht samt Knechts hinterlassenen Schriften, erscheint bei Fretz & Wasmuth, Zürich.
1944	Die Gestapo verhaftet Peter Suhrkamp, Hesses Verleger.

1945 *Berthold,* ein Romanfragment, und *Traumfährte* (Neue Erzählungen und Märchen) erscheinen bei Fretz & Wasmuth, Zürich.

1946 *Krieg und Frieden* (Betrachtungen zu Krieg und Politik seit dem Jahr 1914) erscheint bei Fretz & Wasmuth, Zürich. Danach können Hesses Werke auch in Deutschland wieder gedruckt werden, zunächst im »Suhrkamp Verlag vorm. S. Fischer« (ab 1951 dann im Suhrkamp Verlag, Frankfurt am Main). Goethe-Preis der Stadt Frankfurt am Main. Nobel-Preis.

1950 Hesse ermutigt und ermöglicht Peter Suhrkamp, einen eigenen Verlag zu gründen, der im Juli eröffnet wird.

1951 *Späte Prosa* und *Briefe* erscheinen bei Suhrkamp, Frankfurt am Main.

1952 *Gesammelte Dichtungen* in sechs Bänden als Festgabe zu Hesses 75. Geburtstag erscheinen bei Suhrkamp, Frankfurt am Main.

1954 *Piktors Verwandlungen.* Ein Märchen, faksimiliert, erscheint bei Suhrkamp, Frankfurt am Main.

Der *Briefwechsel: Hermann Hesse – Romain Rolland* erscheint bei Fretz & Wasmuth, Zürich.

1955 *Beschwörungen,* Späte Prosa/Neue Folge, erscheint bei Suhrkamp, Frankfurt am Main. Friedenspreis des Deutschen Buchhandels.

1956 Stiftung eines Hermann-Hesse-Preises durch die Förderungsgemeinschaft der deutschen Kunst Baden-Württemberg e. V.

1957 *Gesammelte Schriften* in sieben Bänden, erscheinen bei Suhrkamp.

1961 *Stufen,* alte und neue Gedichte in Auswahl, erscheint bei Suhrkamp.

1962 *Gedenkblätter* (um fünfzehn Texte erweitert gegenüber der 1937 erschienenen Ausgabe) erscheint bei Suhrkamp.

9. August: Tod Hermann Hesses in Montagnola.

1962 »Hermann Hesse. Eine Bibliographie« von Helmut Waibler, erscheint im Francke Verlag, Bern und München.

1963 *Die späten Gedichte* erscheinen als Band 803 der Insel-Bücherei im Insel Verlag, Wiesbaden.

1964 Das Hermann-Hesse-Archiv in Marbach wird gegründet.

1965 *Prosa aus dem Nachlaß* (herausgegeben von Ninon Hesse) erscheint bei Suhrkamp.

Neue Deutsche Bücher, Literaturberichte für »Bonniers Litterära Magasin« 1935 bis 1936 (herausgegeben von Bernhard Zeller), in der Turmhahn-Bücherei des Schiller-Nationalmuseums, Marbach.

1966 *Kindheit und Jugend vor Neunzehnhundert,* Hermann Hesse in Briefen und Lebenszeugnissen 1877 bis 1895 (herausgegeben von Ninon Hesse), erscheint im Suhrkamp Verlag.

Tod von Ninon Hesse.

1968 *Hermann Hesse – Thomas Mann,* Briefwechsel (herausgegeben von Anni Carlsson), erscheint bei Suhrkamp und S. Fischer.

1969 *Hermann Hesse – Peter Suhrkamp,* Briefwechsel (herausgegeben von Siegfried Unseld), erscheint bei Suhrkamp.

1970 *Hermann Hesse Werkausgabe* in zwölf Bänden, mit einer Auswahl von Hesses Bücherberichten u. d. T. *Eine Literaturgeschichte in Rezensionen und Aufsätzen* (herausgegeben von Volker Michels), erscheint bei Suhrkamp.

1971 *Hermann Hesse – Helene Voigt-Diederichs.* Zwei Autorenportraits in Briefen (herausgegeben von Bernhard Zeller), erscheint bei Diederichs, Köln.

1972 Materialien zu Hermann Hesses *Der Steppenwolf* bei Suhrkamp.

1973 *Gesammelte Briefe,* Band 1, 1895–1921 (herausgegeben von Volker/Ursula Michels und Heiner Hesse), bei Suhrkamp.

Die Kunst des Müßiggangs, kurze Prosa aus dem Nachlaß und Materialien zu Hermann Hesses *Das Glasperlenspiel* (beide herausgegeben von Volker Michels) bei Suhrkamp.

Hermann Hesse. Eine Werkgeschichte. (Herausgegeben von Siegfried Unseld) bei Suhrkamp.

1974 Materialien zu Hermann Hesses *Siddhartha* (herausgegeben von Volker Michels) bei Suhrkamp.

1977 *Kleine Freuden*. Kurze Prosa aus dem Nachlaß. (Herausgegeben von Volker Michels), *Politik des Gewissens*. Die Politischen Schriften 1914–1962, 2 Bände (herausgegeben von Volker Michels), *Hermann Hesse–R. J. Humm*, Briefwechsel (herausgegeben von Volker und Ursula Michels), erscheinen bei Suhrkamp, ebenso *Die Welt der Bücher*. Betrachtungen und Aufsätze zur Literatur.

Hermann Hesse. Bodensee. Betrachtungen, Erzählungen, Gedichte (herausgegeben von Volker Michels), bei Thorbecke, Sigmaringen.

Hermann Hesse als Maler, ausgewählt von Bruno Hesse und Sandor Kuthy, bei Suhrkamp.

1978 *Kindheit und Jugend vor Neunzehnhundert*, Band 2 (herausgegeben von Gerhard Kirchhoff), bei Suhrkamp.

Hermann Hesse – Heinrich Wiegand, Briefwechsel (herausgegeben von Klaus Pezold), erscheint im Aufbau Verlag, Berlin, DDR.

1979 *Gesammelte Briefe*, Band 2, 1922–1935, erscheint bei Suhrkamp.

Hermann Hesse. Sein Leben in Bildern und Texten. Von Volker Michels, erscheint bei Suhrkamp.

Theodore Ziolkowski, *Der Schriftsteller Hermann Hesse*.

1982 *Gesammelte Briefe*, Band 3, 1936–1948.

Ralph Freedman, *Hermann Hesse, Autor der Krisis*. Eine Biographie.

1983 *Italien*. Schilderungen und Tagebücher. Herausgegeben von Volker Michels.

1986 *Gesammelte Briefe*, Band 4, 1949–1962.

1987 *Hermann Hesse in Augenzeugenberichten*. Herausgegeben von Volker Michels.

1988 *Die Welt im Buch*, Bd. 1, Rezensionen und Aufsätze 1900–1910.

1990 *Beschreibung einer Landschaft, Schweizer Miniaturen*.

Tessin. Betrachtungen und Gedichte

1992 *Im Garten*. Betrachtungen und Gedichte

1993 Materialien zu H. Hesse, »Demian«, Bd. 1 Entstehungsgeschichte in Selbstzeugnissen und Dokumenten. Herausgegeben von Volker Michels Resa Karalaschwili, Hermann Hesse – Charakter und Weltbild.

Hermann Hesse
im Suhrkamp Verlag und Insel Verlag

Gesammelte Schriften in sieben Bänden. Leinen und Leder

Gesammelte Briefe in vier Bänden. Unter Mitwirkung von Heiner Hesse herausgegeben von Ursula und Volker Michels. Leinen

Gesammelte Werke. Werkausgabe in den suhrkamp taschenbüchern in zwölf Bänden. st 1600

Gesammelte Erzählungen. Geschenkausgabe mit farbigem Dekorüberzug in Schmuckkassette. Sechs Bände.

Die Romane und die großen Erzählungen. Jubiläumsausgabe mit farbigem Dekorüberzug in Schmuckkassette. Acht Bände.

Hermann Hesse Lesebücher

Jedem Anfang wohnt ein Zauber inne. Lebensstufen. Zusammengestellt von Volker Michels. Paperback

Eigensinn macht Spaß. Individuation und Anpassung. Zusammengestellt von Volker Michels. Paperback

Wer lieben kann, ist glücklich. Über die Liebe. Zusammengestellt von Volker Michels. Paperback

Die Hölle ist überwindbar. Krisis und Wandlung. Zusammengestellt von Volker Michels. Paperback

Das Stumme spricht. Herkunft und Heimat. Natur und Kunst. Zusammengestellt von Volker Michels. Paperback

Die Einheit hinter den Gegensätzen. Religionen und Mythen. Zusammengestellt von Volker Michels. Paperback

Einzelausgaben

Aus Indien. Aufzeichnungen, Tagebücher, Gedichte, Betrachtungen und Erzählungen. Neu zusammengestellt und ergänzt von Volker Michels. st 562

Aus Kinderzeiten. Gesammelte Erzählungen Band 1. 1900-1905. Zusammengestellt von Volker Michels. st 347

Bäume. Betrachtungen und Gedichte. Mit Fotografien von Imme Techentin. Zusammenstellung der Texte von Volker Michels. it 455

Bericht aus Normalien. Humoristische Erzählungen, Gedichte und Anekdoten. Herausgegeben und mit einem Nachwort von Volker Michels. st 1308

Berthold. Erzählung. st 1198

Beschreibung einer Landschaft. Schweizer Miniaturen. Herausgegeben und mit einem Vorwort versehen von Siegfried Unseld. st 1970

Der Bettler. Zwei Erzählungen. Mit einem Nachwort von Max Rychner. st 1376

14/1/7.93

Hermann Hesse
im Suhrkamp Verlag und Insel Verlag

Casanovas Bekehrung und Pater Matthias. Zwei Erzählungen. st 1196

Demian. Die Geschichte von Emil Sinclairs Jugend. BS 95 und st 206

Eigensinn. Autobiographische Schriften. Auswahl und Nachwort von Siegfried Unseld. BS 353

Emil Kolb. Erzählung. st 1202

Der Europäer. Gesammelte Erzählungen Band 3. 1909-1918. Zusammengestellt von Volker Michels. st 384

Franz von Assisi. Mit Fresken von Giotto und einem Essay von Fritz Wagner. it 1069

Freunde. Erzählung. st 1284

Gedenkblätter. Erinnerungen an Zeitgenossen. Neu durchgesehen und um Texte aus dem Nachlaß ergänzt von Volker Michels. st 963

Die Gedichte. 1892-1962. 2 Bde. Neu eingerichtet und um Gedichte aus dem Nachlaß erweitert von Volker Michels. st 381

Die Gedichte. Herausgegeben und mit einem Nachwort versehen von Volker Michels. Leinen

Gedichte des Malers. Zehn Gedichte mit farbigen Zeichnungen. it 893

Gertrud. Roman. st 890

Das Glasperlenspiel. Versuch einer Lebensbeschreibung des Magister Ludi Josef Knecht samt Knechts hinterlassenen Schriften. Leinen und st 79

Glück. Späte Prosa. Betrachtungen. BS 344

Die Heimkehr. Erzählung. st 1201

Hermann Hesse Lesebuch. Ausgewählt und herausgegeben von Volker Michels. st 1975

Hermann Lauscher. Mit frühen, teils unveröffentlichten Zeichnungen und einem Nachwort von Gunter Böhmer. it 206

Heumond. Erzählung. st 1194

Im Garten. Betrachtungen und Gedichte. Zusammengestellt und mit einem Nachwort von Volker Michels. Mit zahlreichen Abbildungen. it 1329

In der alten Sonne. Erzählung. st 1378

Innen und Außen. Gesammelte Erzählungen Band 4. 1919-1955. st 413

Iris. Ausgewählte Märchen. BS 369

Italien. Schilderungen, Tagebücher, Gedichte, Aufsätze, Buchbesprechungen und Erzählungen. Herausgegeben und mit einem Nachwort von Volker Michels. st 689

Jahreszeiten. Betrachtungen, Gedichte und Aquarelle zu den 12 Monaten. Herausgegeben von Volker Michels. Großdruck. it 2339

Josef Knechts Lebensläufe. BS 541

14/2/7.93

Hermann Hesse
im Suhrkamp Verlag und Insel Verlag

Karl Eugen Eiselein. Erzählung. st 1192

Kinderseele. Erzählung. st 1203

Kindheit des Zauberers. Ein autobiographisches Märchen. Handgeschrieben, illustriert und mit einer Nachbemerkung versehen von Peter Weiss. it 67

Kindheit und Jugend vor Neunzehnhundert. Hermann Hesse in Briefen und Lebenszeugnissen. Band 1: 1877- 1895. Ausgewählt und herausgegeben von Ninon Hesse. Leinen und st 1002

Kindheit und Jugend vor Neunzehnhundert. Hermann Hesse in Briefen und Lebenszeugnissen. Band 2: 1895-1900. Herausgegeben von Ninon Hesse. Fortgesetzt und erweitert von Gerhard Kirchhoff. Leinen und st 1150

Klein und Wagner. Novelle. st 116

Kleine Freuden. Verstreute und kurze Prosa aus dem Nachlaß. Herausgegeben und mit einem Nachwort von Volker Michels. st 360

Klingsors letzter Sommer. Erzählung mit farbigen Bildern vom Verfasser. BS 608

Klingsors letzter Sommer. Erzählung. st 1195

Knulp. Drei Geschichten aus dem Leben Knulps. BS 75

Knulp. Drei Geschichten aus dem Leben Knulps. Mit dem Fragment ›Knulps Ende‹. Mit sechzehn Steinzeichnungen von Karl Walser. it 394

Knulp. Erweitert um Fragmente aus dem Nachlaß. st 1571

Krisis. Ein Stück Tagebuch. BS 747

Die Kunst des Müßiggangs. Kurze Prosa aus dem Nachlaß. Herausgegeben und mit einem Nachwort von Volker Michels. st 100

Kurgast. Aufzeichnungen von einer Badener Kur. st 383

Ladidel. Erzählung. st 1200

Der Lateinschüler. Erzählung. st 1193

Legenden. Zusammengestellt von Volker Michels. BS 472 und st 909

Lektüre für Minuten. Gedanken aus seinen Büchern und Briefen. Herausgegeben von Volker Michels. Paperback und st 7

Lektüre für Minuten. Neue Folge. Gedanken aus seinen Büchern und Briefen. Herausgegeben von Volker Michels. st 240

Das Lied des Lebens. Die schönsten Gedichte. Paperback

Eine Literaturgeschichte in Rezensionen und Aufsätzen. Herausgegeben von Volker Michels. st 252

Die Märchen. Zusammengestellt von Volker Michels. st 291

Magie der Farben. Aquarelle aus dem Tessin. Mit Betrachtungen und Gedichten zusammengestellt und mit einem Nachwort versehen von Volker Michels. it 482

14/3/7.93

Hermann Hesse
im Suhrkamp Verlag und Insel Verlag

Magie des Buches. Betrachtungen. BS 542

Die Marmorsäge. Zwei Erzählungen. st 1381

Mein Glaube. Eine Dokumentation. Auswahl und Nachwort von Siegfried Unseld. BS 300

Mit der Reife wird man immer jünger. Betrachtungen und Gedichte über das Alter. Herausgegeben von Volker Michels. Großdruck. it 2311

Mit Hermann Hesse durch das Jahr. Mit Reproduktionen von 13 aquarellierten Federzeichnungen von Hermann Hesse. Paperback

Mit Hermann Hesse durch Italien. Ein Reisebegleiter durch Oberitalien. Mit farbigen Fotografien. Herausgegeben von Volker Michels. it 1120

Mit Hermann Hesse reisen. Betrachtungen und Gedichte. Herausgegeben von Volker Michels. it 1242

Die Morgenlandfahrt. Eine Erzählung. BS 1 und st 750

Musik. Betrachtungen, Gedichte, Rezensionen und Briefe. Mit einem Essay von Hermann Kasack. Eine Dokumentation. Ausgewählt und zusammengestellt von Volker Michels. BS 483 und st 1217

Narziß und Goldmund. Erzählung. BS 65 und st 274

Die Nürnberger Reise. st 227

Peter Camenzind. Erzählung. st 161

Piktors Verwandlungen. Ein Liebesmärchen, vom Autor handgeschrieben und illustriert, mit ausgewählten Gedichten und einem Nachwort versehen von Volker Michels. it 122

Politik des Gewissens. Die politischen Schriften. 1914-1962. 2 Bände. Vorwort von Robert Jungk. Herausgegeben von Volker Michels. Leinen und st 656

Robert Aghion. Erzählung. st 1379

Roßhalde. Roman. st 312

Schmetterlinge. Betrachtungen, Erzählungen, Gedichte. Zusammengestellt und mit einem Nachwort versehen von Volker Michels. it 385

Schön ist die Jugend. Erzählung. st 1380

Schriften zur Literatur. Band 1. Leinenkaschiert

Schriften zur Literatur. Band 2. Leinenkaschiert

Siddhartha. Eine indische Dichtung. BS 227 und st 182

Sinclairs Notizbuch. Mit aquarellierten Federzeichnungen des Verfassers. BS 839

Die späten Gedichte. Mit einer Nachbemerkung. IB 803

Die Stadt. Ein Märchen, ins Bild gebracht von Walter Schmögner. it 236

Der Steppenwolf. Aquarelle von Gunter Böhmer. BS 869

14/4/7.93

Hermann Hesse
im Suhrkamp Verlag und Insel Verlag

Der Steppenwolf. Erzählung. st 175
Stufen. Ausgewählte Gedichte. BS 342
Stunden im Garten. Zwei Idyllen. Mit teils farbigen Zeichnungen von Gunter Böhmer. IB 999
Tessin. Betrachtungen und Gedichte. Mit ca. 32 Aquarellen des Verfassers. Herausgegeben und eingeleitet von Volker Michels. Leinen und it 1494
Tractat vom Steppenwolf. Nachwort von Beda Allemann. es 84
Unterm Rad. Roman in der Urfassung. Herausgegeben und mit einem Essay von Volker Michels. Illustrationen Gunter Böhmer. Leinen und BS 981
Unterm Rad. Erzählung. st 52
Der verbannte Ehemann oder Anton Schievelbeyn's ohnfreywillige Reisse nacher Ost-Indien. Handgeschrieben und illustriert von Peter Weiss. Mit einem erstmals veröffentlichten Opernlibretto von Hermann Hesse. it 260
Die Verlobung. Gesammelte Erzählungen Band 2. 1906-1908. st 368
Der vierte Lebenslauf Josef Knechts. Zwei Fassungen. Mit einem Nachwort von Theodore Ziolkowski. Herausgegeben von Ninon Hesse. st 1261
Vom Baum des Lebens. Ausgewählte Gedichte. Mit einem Nachwort von Volker Michels. IB 45 4
Von guten Büchern. Rezensionen aus den Jahren 1900-1910. Herausgegeben von Volker Michels in Zusammenarbeit mit Heiner Hesse. Leinen
Von Wesen und Herkunft des Glasperlenspiels. Die vier Fassungen der Einleitung zum Glasperlenspiel. Herausgegeben und mit einem Essay »Zur Entstehung des Glasperlenspiels« von Volker Michels. st 382
Walter Kömpff. Erzählung. st 1199
Wanderung. Aufzeichnungen mit farbigen Bildern vom Verfasser. BS 444
Die Welt der Bücher. Betrachtungen und Aufsätze zur Literatur. Zusammengestellt von Volker Michels. st 415
Der Weltverbesserer und Doktor Knölges Ende. Zwei Erzählungen. st 1197
Zarathustras Wiederkehr. Ein Wort an die deutsche Jugend und andere Aufrufe gegen den Herdengeist von rechts und links. Herausgegeben von Volker Michels. st 2228
Der Zwerg. Ein Märchen. Mit Illustrationen von Rolf Köhler. it 636
Der Zyklon. Zwei Erzählungen. st 1377

14/5/7.93

Hermann Hesse
im Suhrkamp Verlag und Insel Verlag

Briefe

Ausgewählte Briefe. Erweiterte Ausgabe. Zusammengestellt von Hermann Hesse und Ninon Hesse. st 211

Briefe an Freunde. Rundbriefe 1946-1962. Zusammengestellt von Volker Michels. st 380

Hermann Hesse – Rudolf Jakob Humm. Briefwechsel. Herausgegeben von Ursula und Volker Michels. Leinen

Hermann Hesse – Thomas Mann. Briefwechsel. Herausgegeben von Anni Carlsson (1968), erweitert von Volker Michels (1975), mit einem Vorwort von Prof. Theodore Ziolkowski, aus dem Amerikanischen übersetzt von Ursula Michels-Wenz. Leinen und BS 441

Hermann Hesse – Peter Suhrkamp. Briefwechsel 1945-1959. Herausgegeben von Siegfried Unseld. Leinen

Aquarelle

Hermann Hesse – Kalender auf das Jahr 1994. Mit 13 farbig reproduzierten Aquarellen des Dichters und Leitgedanken aus Hermann Hesses Werken in Handschriften des Verfassers

Hermann Hesse als Maler. 44 Aquarelle mit Texten von Hermann Hesse. Ausgewählt und mit einem Nachwort versehen von Volker Michels. Leinen

Schallplatten

Hermann Hesse – Sprechplatte. Langspielplatte

Hermann Hesse liest ›Über das Alter‹. Zusammengestellt von Volker Michels. Langspiel-Sprechplatte

Materialien, Literatur zu Hermann Hesse

Hermann Hesse. Sein Leben in Bildern und Texten. Mit einem Vorwort von Hans Mayer. Herausgegeben von Volker Michels. Leinen und it 1111

Hermann Hesse. Leben und Werk im Bild. Mit dem ›kurzgefaßten Lebenslauf‹ von Hermann Hesse. it 36

Hermann Hesse in Augenzeugenberichten. Herausgegeben von Volker Michels. Leinen und st 1865

Materialien zu Hermann Hesse, ›Demian‹. 1. Band: Entstehungsgeschichte. Herausgegeben von Volker Michels. st 1947

Materialien zu Hermann Hesses ›Das Glasperlenspiel‹. Erster Band. Texte von Hermann Hesse. Herausgegeben von Volker Michels. st 80

Materialien zu Hermann Hesses Siddhartha. Erster Band. Texte von Hermann Hesse. Herausgegeben von Volker Michels. st 129

14/6/7.93

Hermann Hesse
im Suhrkamp Verlag und Insel Verlag

Texte über Siddhartha. Zweiter Band. Herausgegeben von Volker Michels. st 282

Materialien zu Hermann Hesses ›Der Steppenwolf‹. Herausgegeben von Volker Michels. st 53

Über Hermann Hesse. Erster Band (1904-1962). Herausgegeben von Volker Michels. st 331

Über Hermann Hesse. Zweiter Band (1963-1977). Herausgegeben von Volker Michels. st 332

Hermann Hesses weltweite Wirkung. Internationale Rezeptionsgeschichte. Band 1. Herausgegeben von Martin Pfeifer. st 386

Hermann Hesses weltweite Wirkung. Internationale Rezeptionsgeschichte. Band 2. Herausgegeben von Martin Pfeifer. st 506

Hermann Hesses weltweite Wirkung. Internationale Rezeptionsgeschichte. Band 3. Herausgegeben von Martin Pfeifer. st 1927

Hugo Ball: Hermann Hesse. Sein Leben und sein Werk. st 385

Ralph Freedman: Hermann Hesse. Autor der Krisis. Eine Biographie. Aus dem Amerikanischen von Ursula Michels-Wenz. Kartoniert und st 1991

Marie Hesse: Ein Lebensbild in Briefen und Tagebüchern. Mit einem Essay von Siegfried Greiner. Mit frühen Lithographien von Gunter Böhmer. it 261

Adrian Hsia: Hermann Hesse und China. Darstellung, Materialien und Interpretation. Gebunden und st 673

Reso Karalaschwili: Hermann-Hesse-Studien. st 2156

Gisela Kleine: Zwischen Welt und Zaubergarten. Ninon und Hermann Hesse: Leben im Dialog. st 1384

Martin Pfeifer: Hesse- Kommentar zu sämtlichen Werken. st 1740

Siegfried Unseld: Begegnungen mit Hermann Hesse. st 218

Siegfried Unseld: Hermann Hesse. Werk und Wirkungsgeschichte. Revidierte und erweiterte Fassung der Ausgabe von 1973. Mit zahlreichen Abbildungen. Leinen und it 1112

14/7/7.93

Erzählungen von Hermann Hesse in den suhrkamp taschenbüchern

Aus Kinderzeiten. Gesammelte Erzählungen Band 1. 1900-1905. Zusammengestellt von Volker Michels. st 347

Bericht aus Normalien. Humoristische Erzählungen, Gedichte und Anekdoten. Herausgegeben und mit einem Nachwort von Volker Michels. st 1308

Berthold. Erzählung. st 1198

Der Bettler. Zwei Erzählungen. Mit einem Nachwort von Max Rychner. st 1376

Casanovas Bekehrung und Pater Matthias. Zwei Erzählungen. st 1196

Emil Kolb. Erzählung. st 1202

Der Europäer. Gesammelte Erzählungen Band 3. 1909-1918. Zusammengestellt von Volker Michels. st 384

Freunde. Erzählung. st 1284

Die Heimkehr. Erzählung. st 1201

Heumond. Erzählung. st 1194

In der alten Sonne. Erzählung. st 1378

Innen und Außen. Gesammelte Erzählungen Band 4. 1919-1955. st 413

Karl Eugen Eiselein. Erzählung. st 1192

Kinderseele. Erzählung. st 1203

Klingsors letzter Sommer. Erzählung. st 1195

Knulp. st 1571

Ladidel. Erzählung. st 1200

Der Lateinschüler. Erzählung. st 1193

Die Marmorsäge. Zwei Erzählungen. st 1381

Die Morgenlandfahrt. Eine Erzählung. st 750

Narziß und Goldmund. Erzählung. st 274

Peter Camenzind. Erzählung. st 161

Robert Aghion. Erzählung. st 1379

Schön ist die Jugend. Erzählung. st 1380

Unterm Rad. Erzählung. st 52

Die Verlobung. Gesammelte Erzählungen Band 2. 1906-1908. st 368

Der vierte Lebenslauf Josef Knechts. Zwei Fassungen. Mit einem Nachwort von Theodore Ziolkowski. Herausgegeben von Ninon Hesse. st 1261

Walter Kömpff. Erzählung. st 1199

Der Weltverbesserer und Doktor Knölges Ende. Zwei Erzählungen. st 1197

Der Zyklon. Zwei Erzählungen. st 1377

15/1/11.92

Hermann Hesse
Briefe

»Hesse war einer unserer gewissenhaftesten Briefschreiber. In der deutschen Briefliteratur unseres Jahrhunderts ist die Feder Hermann Hesses ohne Zweifel eine der am wenigsten prätentiösen. Er gibt sich von einer immer wieder in Erstaunen setzenden menschlichen Nähe und Eindringlichkeit, einer unermüdbar scheinenden Lebhaftigkeit der Anteilnahme.« *Karl Krolow*

Gesammelte Briefe. In Zusammenarbeit mit Heiner Hesse herausgegeben von Ursula und Volker Michels. Vier Bände in Kassette. Leinen
Band 1: 1895-1921
Band 2: 1922-1937
Band 3: 1938-1948
Band 4: 1949-1962

Ausgewählte Briefe. Erweiterte Ausgabe. Zusammengestellt von Hermann Hesse und Ninon Hesse. st 211

Briefe an Freunde. Rundbriefe 1946-1962. Zusammengestellt von Volker Michels. st 380

Kindheit und Jugend vor Neunzehnhundert. Hermann Hesse in Briefen und Lebenszeugnissen. 1. Band: 1877-1895. Ausgewählt und herausgegeben von Ninon Hesse. Leinen und st 1002

Kindheit und Jugend vor Neunzehnhundert. Hermann Hesse in Briefen und Lebenszeugnissen. 2. Band: 1895-1900. Herausgegeben von Ninon Hesse. Fortgesetzt und erweitert von Gerhard Kirchhoff. Leinen und st 1150

Hermann Hesse – Rudolf Jakob Humm. Briefwechsel. Herausgegeben von Ursula und Volker Michels. Leinen

Hermann Hesse – Thomas Mann. Briefwechsel. Herausgegeben von Anni Carlsson (1968), erweitert von Volker Michels (1975), mit einem Vorwort von Prof. Theodore Ziolkowski, aus dem Amerikanischen übersetzt von Ursula Michels-Wenz. Leinen und BS 441

Hermann Hesse – Peter Suhrkamp. Briefwechsel 1945-1959. Herausgegeben von Siegfried Unseld. Leinen

16/1/11.92